STOCK MARKET
में निवेश और ट्रेडिंग
के सीक्रेट्स

STOCK MARKET में निवेश और ट्रेडिंग के सीक्रेट्स

स्वामीनाथन अन्नामलाई

प्रभात प्रकाशन

प्रकाशक

प्रभात प्रकाशन प्रा. लि.

4/19 आसफ अली रोड, नई दिल्ली–110002

फोन : 011–23289777 • हेल्पलाइन नं. : 7827007777

इ–मेल : prabhatbooks@gmail.com ❖ वेब ठिकाना : www.prabhatbooks.com

संस्करण

2024

पेपरबैक मूल्य

तीन सौ रुपए

मुद्रक

नरुला प्रिंटर्स, दिल्ली

STOCK MARKET MEIN NIVESH AUR TRADING KE SECRETS

by Shri Swaminathan Annamalai

(HINDI TRANSLATION OF 'SECRETS YOU NEVER KNEW ABOUT STOCK MARKET INVESTING AND TRADING')

Published by **PRABHAT PRAKASHAN PVT. LTD.**

4/19 Asaf Ali Road, New Delhi-110002

ISBN 978-93-5322-418-9

₹ 300.00 (PB)

मेरे परिवार को समर्पित

स्वीकृति

सबसे पहले मैं अपने परिवार को धन्यवाद देना चाहूँगा, जिन्होंने अपने सपने पूरे करने की मेरी इच्छा का समर्थन किया।

विशेष रूप से मेरे पिता श्री ए. स्वामीनाथन का धन्यवाद, जिन्होंने मुझ पर विश्वास किया और मुझे कम उम्र में ही अपना पोर्टफोलियो सँभालने की अनुमति दी।

मेरी माँ स्व. श्रीमती एस. मीनाक्षी का अनंत आभार, जिन्होंने मुझे सपना देखना और प्रेम करना सिखाया। उन्होंने ही मुझमें कड़ी मेहनत और दृढ़ता का भाव उत्पन्न किया। आज मैं जो कुछ भी हूँ, अपने माता-पिता के कारण हूँ।

मेरे करीबी दोस्त श्री एन. कुमार का धन्यवाद, जिन्होंने मुझे सतत अध्ययन की आदत बनाने के लिए प्रेरित किया। 'आप जैसी पुस्तकें पढ़ते हैं, वैसे ही बन जाते हैं' की मशहूर कहावत मेरे मामले में खरी उतरती है। मैंने यही सीखा है कि जिस क्षण हम सीखना बंद कर देते हैं, हमारा विकास रुक जाता है।

लेखक श्री रॉबिन शर्मा और टी.टी. रंगराजन का धन्यवाद, जिन्होंने अपनी पुस्तकों के माध्यम से जीवन के प्रति मेरे दृष्टिकोण को परिवर्तित किया।

श्री गेरी रॉबट्‌र्स का धन्यवाद, जिन्होंने मुझे सिखाया कि लेखक कैसे बनें! उनकी बताई तकनीकों से मुझे इस पुस्तक को लिखने में काफी मदद मिली।

श्री एम. किशोर का धन्यवाद, जिन्होंने मुझे स्टॉक मार्केट के कम ज्ञात तथ्यों के बारे में सिखाया। मेरा मानना है कि ऐसी जानकारी निश्चित ही एक प्रकार की संपत्ति है।

श्री अभिषेक एंटनी का धन्यवाद, जिन्होंने बिजनेस 'लोगो' और वेबसाइट का डिजाइन बनाया।

अशिका कुमार का पांडुलिपि का प्रूफ पढ़ने के लिए धन्यवाद।

और अंत में मेरे बच्चों का बहुत-बहुत धन्यवाद, जो कठिन समय में मेरी प्रेरणा बने। जिस क्षण मैं उन्हें देखता, मेरी सभी परेशानियाँ गायब हो जातीं। इस पुस्तक को लिखते समय मैंने कई बार ब्रेक लिया; लेकिन बहुत बार अपनी बेटी को उसका होमवर्क करते देखने से मुझे अपने अधूरे अध्याय को पूरा करने या नया अध्याय आरंभ करने की प्रेरणा मिली। मेरे बच्चों ने मुझे इस पुस्तक को वास्तविक बनाने की प्रेरणा दी, जो अब प्रकाशित हो चुकी है।

—स्वामीनाथन अन्नामलाई

इस पुस्तक का उद्देश्य

जब मैंने भारतीय शेयर बाजार पर पुस्तकों को खोजना आरंभ किया, तब मुझे एहसास हुआ कि इनमें कुछ पुस्तकें ऐसी हैं, जिनमें चार्ट और सूत्रों जैसी बहुत सी तकनीकी सामग्री थी, जिसे समझना आम आदमी के लिए आसान नहीं है; या ऐसी पुस्तकें थीं, जो काफी पुराने शेयर मार्केट डाटा की जानकारी देती थीं, जिनका आज कोई उपयोग नहीं है।

यही कारण है कि यह पुस्तक, जो पूर्ण रूप से भारतीय शेयर बाजार पर केंद्रित है, आज की जरूरत है।

बहुत से लोग, बुनियादी बातें जाने बिना, निष्क्रिय आय पाने के लिए स्टॉक मार्केट में कूद पड़ते हैं और अपने हाथ जला बैठते हैं। यह पुस्तक शेयर बाजार के जटिल विषय को साधारण बनाने का मेरा गंभीर प्रयास है। इसे इतने सरल ढंग से लिखा गया है कि बुनियादी शिक्षा प्राप्त कोई भी व्यक्ति, जिसे पहले से किसी तरह का वित्तीय ज्ञान न हो, इस विचार को आसानी से समझ सके।

इस पुस्तक का लक्ष्य चतुर शॉर्ट-टर्म ट्रेडर और बुद्धिमान निवेशक हैं; लेकिन इसका यह मतलब नहीं कि यह पुस्तक इंट्रा-डे ट्रेडर्स के लिए नहीं है। मैं चाहता हूँ कि इंट्रा-डे ट्रेडर्स को यह पुस्तक पढ़कर शॉर्ट-टर्म ट्रेडिंग और निवेश की शुरुआत की प्रेरणा मिले।

श्री वॉरेन बफे जैसे दुनिया भर के बहुत सारे शेयर बाजार दिग्गज इंट्रा-डे ट्रेडिंग से नहीं, बल्कि निवेश द्वारा धनी हुए हैं। याद रखिए, इंट्रा-डे ट्रेडिंग आपके ब्रोकर को धनवान् बनाती है, न कि आपको।

शेयर बाजार से अनवरत कमाई करते रहने के लिए आपका विश्लेषक होना आवश्यक नहीं है। अच्छे शेयरों में सही समय पर निवेश करनेवाला व्यक्ति, जो लालची न हो, शेयर बाजार में अच्छी कमाई कर सकता है।

इस पुस्तक को पढ़ना क्यों जरूरी है ?

यह पुस्तक इन बातों को सीखने के द्वार खोलती है—

1. कारोबारी घंटों के दौरान पूरा समय कंप्यूटर के सामने बैठे बिना पैसे कमाना।
2. मल्टीबैगर की शुरुआती चरण में पहचान करना और अधिकतम लाभ हासिल करना।
3. शेयर एक्सचेंज में ट्रेड न होनेवाले गैर-सूचीबद्ध शेयरों से निपटना।
4. नैकेड ऑप्शंस विक्रय द्वारा अपनी सफलता के अवसरों में वृद्धि करना।
5. आई.पी.ओ. के बारे में जानकारी और आई.पी.ओ. फंडिंग किस तरह प्राप्त की जाए।
6. भौतिक शेयरों को डीमैटीरियलाइज (अमूर्तिकरण) करना।
7. BEES संबंधी महत्त्वपूर्ण जानकारी और क्या इसमें निवेश करना सुरक्षित विकल्प है ?
8. स्टॉक स्क्रीन का परिचय।
9. स्टॉक मार्केट को प्रभावित करनेवाले घोटालों के विभिन्न प्रकार।
10. एच.यू.एफ. के निर्माण द्वारा आय कर बचाना।

व्यावहारिक व सहज स्वीकार्य सलाहों से भरपूर हर चीज को आसान भाषा में समझाया गया है। आपको सिर्फ यह पुस्तक चाहिए और आप शेयर बाजार में अपना भाग्य बना सकते हैं और वह भी बहुत आराम से।

लेखक के बारे में

स्वामीनाथन अन्नामलाई एन.आई.एस.एम. सर्टिफाइड रिसर्च एनेलिस्ट हैं। उन्होंने अपना मास्टर्स इन कंप्यूटर एंड इन्फॉर्मेशन नेटवर्क्स एसेक्स विश्वविद्यालय से किया। उन्होंने स्नातक करने के दौरान भारतीय शेयर बाजार में ट्रेडिंग व निवेश की शुरुआत की। निवेश से प्राप्त आय से अपने खुद के खर्चे चलाए। निरंतर स्टॉक ट्रेडिंग करते रहने से वे वित्तीय रूप से स्वतंत्र हो सके, अर्थात् उन्होंने जो निष्क्रिय आय अर्जित की है, वह उनके खर्चों से कहीं अधिक है।

एक सफल व्यापारी होने पर भी उनका मानना है कि आप चाहे जिस भी पेशे में हों, आपके पास निष्क्रिय आय का कम-से-कम एक स्थायी स्रोत अवश्य होना चाहिए, और शेयर बाजार इस पर पूर्णत: खरा उतरता है; क्योंकि यदि उचित ढंग से किया जाए तो यह उन बेहतरीन तरीकों में से एक है, जहाँ से सहज ही निरंतर निष्क्रिय आय अर्जित की जा सकती है।

उनकी यात्रा तब शुरू हुई, जब लेखक के पिता ने उनकी मदद से अपने सभी भौतिक शेयरों को डीमैटीरियलाइज प्रारूप में परिवर्तित किया (सेबी SEBI के डीमैटीरियलाइज प्रारूप में ट्रेडिंग के नियम के कारण)। वे इसके लिए अपने पिता के ऋणी रहे, क्योंकि पिता की मदद से शुरू हुआ सहज भाव उस गहन प्रशिक्षण अनुभव में बदल गया, जहाँ वे शेयर बाजार से प्रेम करने लगे और अब अठारह वर्ष बाद उन्हें इतना ज्ञान व अनुभव हो चुका है कि वे इस बारे में पुस्तक लिख पाए हैं।

शेयर ट्रेडिंग में समय देने के अलावा उन्हें यात्रा करना, प्रकृति में लीन हो जाना और शतरंज खेलना पसंद है।

लेखक से संपर्क करें—

https://www.facebook.com/equityforte
https://www.instagram.com/equityforte
https://www.twitter.com/equityforte

www.equityforte.com

EQUITY FORTE.com™

ROAD TO PASSIVE INCOME

Equityforte.com के बारे में

Equityforte.com वह स्थान है, जहाँ आपकी शेयरों के डीमैटीरियलाइजेशन, अदावी लाभांश, गैर-सूचीबद्ध शेयरों का विक्रय, मौजूदा पोर्टफोलियो की समीक्षा के साथ-ही-साथ निवेश सलाह प्राप्त करने तक की सभी जरूरतें एक ही स्थान पर पूरी हो जाएँगी। हमारी सेवाएँ कस्टम डिजाइन हैं, जिसमें हम प्रत्येक मामले का पूरा अनुसंधान करते हैं और हर मामले में दिया गया समाधान विशिष्ट होता है।

Equityforte.com आपके तथा संबंधित कंपनियों के बीच किसी भी मामले के निपटान में पुल की तरह कार्य करता है। आपके मामले को संबद्ध अधिकारियों के सामने रखा जाएगा और जैसे ही हमारा आपके साथ अनुबंध होता है, आपकी परेशानी हमारी हो जाती है। इससे संबंधित सभी विस्तृत कानूनी प्रक्रियाओं से जुड़ी भाग-दौड़ और परेशानियाँ हम सँभालते हैं। इसके बाद आप आश्वस्त हो सकते हैं कि आपके आधिकारिक पैसे को आप तक पहुँचाने के लिए हम न केवल पूरी मेहनत करेंगे, बल्कि किसी भी सीमा तक जाएँगे।

हम न केवल अत्यंत पारदर्शी नीति के तहत काम करते हैं, बल्कि हमारी कार्य दरें भी प्रतिस्पर्धात्मक हैं। हम खरा सौदा करते हैं और हमारी गारंटी है कि पूरे सौदे में कहीं कोई छिपा हुआ शुल्क नहीं होगा, बल्कि हम ऐसे बड़ी मात्रा में फँसे गैर-सूचीबद्ध शेयरों के लिए विशिष्ट निकास मार्ग सुझाते हैं, जो बिक न रहे हों।

हमारा मिशन आपके फँसे हुए निवेश का वास्तविक मूल्य दिलवाने के साथ ही अपने श्रेष्ठता मानकों को सतत ऊपर उठाते हुए विशिष्ट सेवा प्रदान करना है। हमारा लक्ष्य अपने ग्राहकों की उम्मीद पर केवल खरा उतरना ही नहीं, बल्कि उससे भी आगे बढ़ना है। अपने ग्राहक का मुनाफा हमारा आदर्श वाक्य और हमारी प्राथमिकता है।

अधिक जानकारी के लिए हमें contact@equityforte.com पर इ-मेल करें।

डिस्क्लेमर

इस पुस्तक की सूचनाएँ/सामग्री (तालिकाओं/चित्रों सहित) उन स्रोतों से संगृहीत की गई हैं, जो हमें सत्य और विश्वसनीय प्रतीत हुए; लेकिन हम पर इसकी पूर्णता व यथार्थता का दायित्व नहीं है। कोई भी त्रुटि साभिप्राय नहीं, दुर्घटनावश है। यह किसी भी अधिकार-क्षेत्र में प्रतिभूति को बेचने का प्रस्ताव या खरीदने की सिफारिश नहीं है। लेखक इस पुस्तक में प्रदत्त किसी भी जानकारी के आधार पर लिये या/न लिये गए निर्णयों या निवेश (शों) या किसी भी नुकसान के लिए जिम्मेदार नहीं है। किसी भी जानकारी/अनुशंसा के अनुसार कार्य करते हुए पाठकों को ध्यान देना चाहिए कि वह उन विशिष्ट हालात में उचित है या नहीं, और यदि आवश्यकता हो तो पेशेवर सलाह लें। हो सकता है कि लेखक के पास यहाँ उल्लिखित शेयरों में से कोई न हो और संभव है कि समय-समय पर इस पुस्तक में उल्लिखित किसी कंपनी के साथ आम कारोबारी संबंध रहे हों। सभी दृष्टिकोण, यदि कोई हों, तो उनमें समय-समय पर बिना नोटिस परिवर्तन संभव है।

अनुक्रम

1

इक्विटी व स्टॉक मार्केट का ककहरा

परिचय

बहुत से लोग शेयर बाजार को जुआघर और इससे जुड़े लोगों को जुआरी के रूप में देखते हैं; लेकिन शेयर बाजार वह सबसे अच्छा तरीका है, जहाँ से बेहद आसानी से निरंतर निष्क्रिय आय अर्जित की जा सकती है। आज उपलब्ध तकनीक द्वारा व्यक्ति शेयर बाजार पर दुनिया के किसी भी हिस्से से आसानी से नजर रख सकता है, वह भी बस, एक स्मार्ट फोन के माध्यम से।

आज की दुनिया में आय का दूसरा स्रोत होना न केवल वांछनीय है, बल्कि आवश्यक है; फिर भी, ऐसा हमेशा संभव या आसान नहीं होता। ऐसी स्थिति में, शेयर बाजार एक शानदार विकल्प के तौर पर सामने आता है। शेयर बाजार से अपने लिए काम करवाइए और सिर्फ डर या परेशानी के चलते इसे नजरअंदाज न करें।

यह पुस्तक उनके लिए तो है ही, जो शेयर बाजार में नए हैं; उनके लिए भी है, जिन्हें कई वर्षों का अनुभव है।

ब्रूस ली ने ठीक ही कहा था, "अपना कप खाली करो, ताकि इसे पुनः भरा जा सके।" भूल जाने और पुनः सीखने के लिए तैयार रहें। अपने दिमाग से स्टॉक मार्केट से संबंधित अपने सारे ज्ञान को निकाल दें और इसे पुनः ऐसी जानकारी से भरें, जो सचमुच काम करती है।

शेयर बाजार से जुड़े लोगों को तीन श्रेणियों में वर्गीकृत किया जा सकता है—

- इंट्रा–डे ट्रेडर्स
- शॉर्ट–टर्म (लघु–आवधिक) ट्रेडर्स
- लॉन्ग–टर्म (दीर्घावधिक) निवेशक।

इंट्रा-डे ट्रेडर्स

इंट्रा–डे ट्रेडर्स वे हैं, जो किसी प्रतिभूति में पोजीशन को उसी ट्रेडिंग दिवस में ओपन (क्रय) और क्लोज (विक्रय) करते हैं। आमतौर पर इन ट्रेडर्स के पास पूँजी बहुत कम होती है या वे कर्ज लेकर ट्रेड कर रहे होते हैं। वे पूरे कारोबारी घंटों के दौरान ट्रेडिंग करते रहते हैं और वे जितना संभव हो, उतना अधिक क्रय–विक्रय ट्रेड करने का प्रयास करते हैं।

लॉन्ग-टर्म (दीर्घावधिक) निवेशक

वे निवेशक हैं, जो शेयरों को अपने पास एक वर्ष से अधिक समय तक रखने की मंशा से खरीदते हैं, वे उच्च गुणवत्तावाले शेयरों में निवेश करते हैं और वे अधिकांशत: खरीदते हैं और शायद ही कभी बेचते हैं। वे इसकी भाव-वृद्धि, लाभांश, बोनस और शेयर स्प्लिट द्वारा मुनाफा काटते हैं।

शॉर्ट-टर्म (लघु-आवधिक) ट्रेडर्स

शॉर्ट–टर्म (लघु–आवधिक) ट्रेडर्स किसी प्रतिभूति में पोजीशन का एक वर्ष के भीतर क्रय–विक्रय करते हैं। वे बेहद धैर्य के साथ ट्रेड में शामिल होते हैं और बेहद आक्रामकता सहित बाहर निकलते हैं। अधिकांश चतुर शॉर्ट–टर्म ट्रेडर्स बाजार में प्रवेश/निकास के लिए चार्टों पर निर्भर होते हैं और किसी विशेष सेक्टर के शेयरों को चुनने में खबरों पर भरोसा करते हैं।

थ्री-इन-वन खाता

शेयर ट्रेडिंग के लिए तीन भिन्न खातों की आवश्यकता होती है—

- बैंक खाता, जिसमें पैसा भेजा या मँगवाया जा सके।

- ट्रेडिंग खाता, जिससे आप क्रय/विक्रय ऑर्डर निष्पादित कर सकें।
- डीमैट खाता, जिसमें आप शेयरों को इलेक्ट्रॉनिक फॉर्मेट में रख सकें।

कोई भी व्यक्ति बैंक में 'थ्री-इन-वन खाता' खोल सकता है।

'थ्री-इन-वन खाता' सुविधाजनक होता है और एकल समन्वित बचत, डीमैट एवं ट्रेडिंग खाते के रूप में काम करता है।

थ्री-इन-वन खाता क्यों खुलवाएँ?

- आपके बचत खाते से ट्रेडिंग खाते में फंड हस्तांतरण सिर्फ एक क्लिक में हो जाता है।
- फंड हस्तांतरण सुरक्षित होता है, क्योंकि पैसा केवल संपर्कित ट्रेडिंग और बचत खाते में ही हस्तांतरित किया जा सकता है।
- कई सारे लॉगिन विवरण याद रखने की आवश्यकता नहीं।
- ए.एस.बी.ए. (एप्लीकेशंस पोर्टेड बाय ब्लॉक अमाउंट) के माध्यम से आई.पी.ओ. आवेदन सुविधाजनक, समय बचानेवाला और कागजी कार्यों से बचानेवाला होता है। (अध्याय-4 में विस्तारपूर्वक वर्णित है।)
- लाभांश स्वत: ही संबंधित बैंक खाते में जमा हो जाता है।

ब्रोकर के रूप में किसी एकल फर्म की जगह बैंक को क्यों चुनें?

ब्रोकर के रूप में अपने बैंक को चुनने और एकल फर्मों से बचने के निम्न कारण हैं—

- किसी एकल फर्म के मुकाबले बैंक के पास धन पहले से उपलब्ध होता है और बाजार में बड़ी गिरावट के दौरान कायम रहा जा सकता है। एकल ब्रोकरेज फर्म के मुकाबले बैंक में आपका पैसा हमेशा सुरक्षित रहता है।
- एकल ब्रोकरेज फर्म विश्वसनीय नहीं होतीं, क्योंकि वे बहुत आसानी से आपके ट्रेडिंग खाते का पैसा लेकर काम बंद कर भाग सकती हैं।

- भारतीय प्रतिभूति और विनिमय बोर्ड (SEBI) के नियमानुसार, ट्रेडिंग खाते में शेष पूँजी को समय-समय पर बचत खाते में वापस भेजा जाता है। बाद की तारीखों में नए शेयर खरीदने के लिए ताजा पूँजी आवंटन की आवश्यकता होती है। यदि आपका ट्रेडिंग खाता और बैंक खाता दो विभिन्न स्थानों पर हों तो दोनों खातों में धन हस्तांतरण में अधिक समय लग जाता है।

थ्री-इन-वन अकाउंट खोलने के लिए आपको क्या चाहिए होगा?

जो भी व्यक्ति थ्री-इन-वन अकाउंट खोलना चाहता है, उसे निम्नलिखित दस्तावेज जमा करवाने होंगे—

- पहचान प्रमाण—उदाहरण पैन कार्ड, पासपोर्ट आदि।
- निवास प्रमाण—उदाहरण ड्राइविंग लाइसेंस, राशन कार्ड आदि।
- पासपोर्ट आकार की फोटो।
- आपके किसी भी निजी खाते का एक चेक।
- आधार कार्ड।
- पूर्णतः भरा हुआ व हस्ताक्षरित आवेदन-पत्र।

स्टॉक ब्रोकर का चुनाव कैसे करें?

अधिकांश ट्रेडर्स ऐसे ब्रोकरों को खोजते हैं, जो सबसे कम कमीशन चार्ज करते हों। ब्रोकरेज फीस एक महत्त्वपूर्ण मानक है, लेकिन सेवा की लागत पर नहीं। अपने लिए सही व्यक्ति को चुनने से पहले स्टॉक ब्रोकर की सेवा की लागत को प्राथमिकता दें; स्टॉक ब्रोकर की साख, पहुँच और सेवा गुणवत्ता का भी ध्यान रखें।

एक अच्छे स्टॉक ब्रोकर को निम्नलिखित सेवाएँ प्रदान करनी चाहिए—

- डेस्कटॉप और मोबाइल दोनों के लिए मजबूत ऑनलाइन ट्रेडिंग प्लेटफॉर्म।

- ब्रोकर की वेबसाइट पर सभी रिपोर्ट्स डाउनलोड किए जाने योग्य फॉर्मेट (एक्सेल या पी.डी.एफ.) में प्रदान करना, जो आय कर भरने के लिए आवश्यक है।
- पारदर्शिता—सुनिश्चित करें कि स्टॉक ब्रोकर अपने ब्रोकरेज और अन्य प्रभार (जैसे—सिक्योरिटी ट्रांजेक्शन टैक्स, सर्विस टैक्स, डिपॉजिटरी प्रभार) को अपनी वेबसाइट पर दरशाएँ। सुनिश्चित करें कि इसमें कोई छिपी हुई लागत नहीं है।
- गुणवत्तापूर्ण ग्राहक सहायता—ट्रेडिंग से संबंधित प्रश्नों या खाता संबंधी प्रश्नों के लिए ऑनलाइन चैट, इ-मेल और फोन सहायता जरूरी है।
- ट्रेडिंग साधन—ऐसे ब्रोकर पर विचार करें, जो आफ्टर मार्केट ऑर्डर (ए.एम.ओ.), वैलिड टिल कैंसिल (वी.टी.सी.) एवं अन्य उपयोगी ट्रेडिंग साधन प्रदान करता हो। आगामी अध्यायों में हम इन विवरणों पर चर्चा करेंगे।
- ऐसा ब्रोकर खोजें, जो स्टॉक एक्सचेंज में बिना किसी बाधा के सबसे अधिक समय प्रदान करें।

इक्विटी निवेश के लाभ

शेयरधारक को होनेवाले लाभ को दो श्रेणियों में बाँटा जा सकता है—

- मौद्रिक लाभ
- गैर-मौद्रिक लाभ।

मौद्रिक लाभ

शेयरधारक को निम्न मौद्रिक लाभ हो सकते हैं—

- लाभांश—कंपनियाँ लाभांश के माध्यम से शेयरधारकों के साथ आंशिक या पूर्ण रूप से लाभ का बँटवारा करती हैं।
- पूँजीगत मूल्य-वृद्धि—पूँजीगत मूल्य-वृद्धि से शेयरधारकों का लाभ।

जब कंपनी अच्छा प्रदर्शन करती है तो उसके शेयरों के भावों में स्वतः वृद्धि हो जाती है।

गैर-मौद्रिक लाभ

शेयरधारक को निम्न गैर-मौद्रिक लाभ मिलते हैं—

- बोनस—कंपनियाँ एकत्रित मुनाफे के वितरण के स्थान पर निःशुल्क बोनस शेयर जारी करती हैं।
- राइट इश्यू—एक राइट इश्यू मौजूदा शेयरधारकों के लिए कंपनी के नए अतिरिक्त शेयर खरीदने का आमंत्रण है।

इक्विटी निवेश से जुड़े जोखिम

हालाँकि इक्विटी निवेश लाभप्रद होता है, किंतु फिर भी, व्यक्ति को इससे जुड़े जोखिमों की जानकारी भी होनी चाहिए।

राजनीतिक जोखिम

यह संभावना हर समय बनी रहती है कि देश की सरकार अचानक ही अपनी नीतियाँ परिवर्तित कर दे। इसके अलावा, युद्ध और प्रतिकूल आर्थिक नीतियाँ जैसी घटनाएँ भी वित्त बाजार को प्रतिकूल प्रभावित कर सकती हैं।

आर्थिक जोखिम

पूरी अर्थव्यवस्था में मंदी का जोखिम रहता है। ऐसी घटनाओं का शेयर बाजार पर प्रायः नकारात्मक प्रभाव होता है।

औद्योगिक जोखिम

किसी उद्योग विशेष को मंदी का सामना करना पड़ सकता है, जो बदले में उन उद्योगों के शेयरों को प्रभावित करेगा।

तरलता जोखिम

अपने शेयरों को उचित भाव पर न बेच पाने का जोखिम। कई बार निवेशक बाजार में क्रेताओं की कमी या प्रभावहीन बाजार के कारण बिना मूल पूँजी और/या मुनाफा गँवाए अपनी इक्विटी को नकदी में परिवर्तित नहीं कर पाता।

मुद्रास्फीति जोखिम

मुद्रास्फीति समय के साथ धन की क्रय शक्ति को नुकसान पहुँचाती है, उतनी ही धनराशि में आप कम सामान व सेवाएँ खरीद पाते हैं। शेयरों के भाव में भी मुद्रास्फीति के अनुसार वृद्धि होती है।

सीमा जोखिम

कई बार आपकी निवेश सीमा किसी अप्रत्याशित घटना, जैसे किसी परिजन के अस्पताल में दाखिल होने से उत्पन्न आकस्मिक खर्च के कारण घट जाती है। तब आपको मजबूरी में, मंदे बाजार में, उन शेयरों को बेचना पड़ जाता है, जिन्हें आप लंबी अवधि तक अपने पास रखने की उम्मीद कर रहे थे।

आपके लिए कितना जोखिम लेना सही होगा?

जब आप किसी बैंक की फिक्स डिपॉजिट या पोस्ट ऑफिस योजना में निवेश करते हैं तो आप ऋणदाता होते हैं, जिसका अर्थ कम जोखिम होना है। वहीं, जब आप इक्विटी, रियल एस्टेट या सोने में निवेश करते हैं, तब आप स्वामी होते हैं और किसी चीज़ का स्वामी होने में हमेशा अधिक जोख़िम होता है। अत: इन दोनों के बीच संतुलन होना चाहिए।

व्यक्ति का जोखिम सहजता स्तर निम्नलिखित पहलुओं पर निर्भर करता है—

निवेश उद्देश्य—व्यक्ति का निवेश के पीछे अपना उद्देश्य स्पष्ट होना

चाहिए। कुछ के लिए यह संपत्ति-निर्माण हो सकता है तो संभवत: कुछ के लिए आय का दूसरा स्रोत।

निवेश सीमा—आप मुनाफा काटने के लिए कितने समय तक प्रतीक्षा कर सकते हैं? आप जितने अधिक समय तक निवेशित रहेंगे, अच्छी रिटर्न मिलने के आपके अवसर उतने ही बढ़ते जाएँगे।

उम्र—संपत्ति-निर्माण के लिए समय और मूल पूँजी की आवश्यकता होती है। जोखिम लेने की मानसिकता आमतौर पर उम्र बढ़ने के साथ ही कम होती जाती है; इसलिए अच्छा यही रहेगा कि आप कम उम्र में ही निवेश करना आरंभ कर दें।

पारिवारिक स्थिति—आप पर निर्भर लोगों की संख्या के आधार पर आपका जोखिम लेना सीमित व सचेत होना चाहिए। जोखिम लेने की मानसिकता हमेशा आप पर निर्भर व्यक्तियों की संख्या से कम होनी चाहिए।

आय व संपत्ति—जिस व्यक्ति के पास धन अधिक हो और ठोस मासिक आय हो, वह अधिक जोखिम ले सकता है।

इक्विटी निवेश की लागत

शेयर खरीदने पर आपको निम्नलिखित प्रभार देने होते हैं—

- **ब्रोकरेज**—यह वह शुल्क है, जो स्टॉक ब्रोकर अपनी दी गई सेवा के बदले लेता है। हर ब्रोकर का अपना ब्रोकरेज मॉडल होता है।
- **सर्विस टैक्स**—प्रत्येक सौदे में ब्रोकरेज पर एक समान सर्विस टैक्स लिया जाता है।
- **सिक्योरिटी ट्रांजेक्शन टैक्स**—यह किसी मान्यता प्राप्त स्टॉक एक्सचेंज के माध्यम से हुए प्रतिभूति हस्तांतरण के मूल्य पर देय कर से संदर्भित है। इसमें इंट्रा-डे, डिलीवरी, फ्यूचर्स और ऑप्शन की दरें भिन्न हैं।
- टर्नओवर टैक्स।
- **स्टांप शुल्क**—प्रतिभूति हस्तांतरण पर लिया जानेवाला स्टांप शुल्क

राज्य सरकारों द्वारा दस्तावेजीकरण पर लगाया गया कर है। हर राज्य का स्टांप शुल्क अलग होता है।

शेयर बेचने पर आपको निम्न कर अदा करने होते हैं—

- उपर्युक्त सभी कर, जो आपने शेयर को खरीदते समय दिए थे।
- डीमैट ट्रांजेक्शन प्रभार।
- मुनाफा होने पर पूँजीगत अधिलाभ कर (कैपिटल गेन टैक्स)।

अपने कांट्रैक्ट नोट को जानें

कांट्रैक्ट नोट शेयर बाजार में किए किसी भी सौदे का कानूनी रिकॉर्ड होता है। यह किसी खास समय पर, ग्राहक की ओर से, सौदे की पुष्टि के रूप में कार्य करता है। आजकल स्टॉक ब्रोकर इस दस्तावेज को अपने ग्राहक के रजिस्टर्ड इ-मेल पर डिजिटली हस्ताक्षरित इलेक्ट्रॉनिक फॉर्मेट में अपने आप भेज देता है।

कांट्रैक्ट नोट में निम्न विवरण शामिल होता है—

1. स्टॉक ब्रोकर की सेबी (SEBI) रजिस्ट्रेशन संख्या।
2. सेटलमेंट संख्या और कांट्रैक्ट नोट संख्या।
3. ग्राहक का संपर्क विवरण एवं स्थायी खाता संख्या (PAN)।
4. ग्राहक का कोड।
5. ऑर्डर संख्या व समय।
6. ट्रेड संख्या और समय।
7. सौदा की गई प्रतिभूति का नाम और चिह्न।
8. इंटरनेशनल सिक्योरिटीज आइडेंटिफिकेशन नंबर (आई.एस.आई.एन.)।
9. यह क्रय या विक्रय में से कौन सी क्रिया है।
10. सौदे की मात्रा।
11. ट्रेड भाव।
12. ब्रोकरेज राशि।

13. सिक्योरिटी ट्रांजेक्शन टैक्स (एस.टी.टी.) और ब्रोकरेज पर सेवा कर
14. इलेक्ट्रॉनिक फॉर्मेट में डिजिटल हस्ताक्षर।

कांट्रैक्ट नोट का उद्देश्य

कांट्रैक्ट नोट दरशाता है—

- ब्रोकरेज प्रभार का विवरण।
- वह जानकारी, जिसे आप आय कर भरते समय लाभ/हानि की गणना में उपयोग करते हैं।
- किसी भी तरह का विवाद होने पर कानूनी सबूत के तौर पर उपयोग हो सकता है।

स्टॉक मार्केट में निवेश सभी के लिए आवश्यक क्यों है?

- किसी कंपनी के शेयर खरीदने पर आप वास्तव में व्यापार के स्वामी न होने पर भी उस कंपनी में भागीदार बन जाते हैं।
- कोई भी व्यक्ति, जिसके पास डीमैट, ट्रेडिंग और बचत खाता हो, वह शेयर बाजार में कितनी भी धनराशि निवेश कर सकता है।
- किसी भी कंपनी से प्राप्त—वार्षिक 10,00,000 रुपए तक का लाभांश कर-मुक्त होता है।
- आप मात्र एक स्मार्टफोन या लैपटॉप के उपयोग द्वारा आसानी से अपने स्टॉक पोर्टफोलियो की निगरानी दुनिया के किसी भी हिस्से से कर सकते हैं।

शेयर बाजार का उतार-चढ़ाव अधिकांश लोगों को बेचैन कर देता है; लेकिन कुछ साधारण नियम इस यात्रा को अधिक आरामदेह बना देते हैं। इन साधारण नियमों पर हम आगामी अध्यायों में चर्चा करेंगे।

□

2

बुद्धिमान निवेशकों के लिए सीक्रेट्स

किसी कंपनी के शेयरों में निवेश करना उस कंपनी का कुछ भाग खरीदने के जैसा है। आगे बढ़ने से पहले व्यक्ति को जानना चाहिए कि कंपनियाँ दो प्रकार की होती हैं—

1. चक्रीय कंपनियाँ
2. गैर-चक्रीय कंपनियाँ।

चक्रीय कंपनियाँ

चक्रीय कंपनियों के शेयरों के भाव वित्तीय हालात के सीधे तुलनात्मक या संबंधित होते हैं। इन कंपनियों की बिक्री तब बढ़ जाती है, जब लोगों के पास विलासिता पर खर्च करने के लिए अधिक आय हो और अर्थव्यवस्था में गिरावट के साथ ही ये भी घटने लगते हैं। ये कंपनियाँ ऐसी वस्तुएँ उत्पादित करती हैं कि हाथ तंग हो तो हम इनके बिना भी जी सकते हैं।

उदाहरण के लिए, एक आम आदमी को लग्जरी कार खरीदने के लिए वित्तीय योजना बनानी होती है; जबकि वह अपने दैनिक उपयोग के उत्पादों को खरीदने के लिए कभी वित्तीय योजना नहीं बनाता। अर्थव्यवस्था ठीक न होने पर सभी लोग विलासितापूर्ण उत्पादों को खरीदना विलंबित कर देते हैं। विमान यात्रा, छुट्टियाँ बिताना और शानदार भोजन चक्रीय उद्योग का अच्छा उदाहरण हैं।

गैर-चक्रीय कंपनियाँ

आर्थिक हालात गैर-चक्रीय कंपनियों के शेयरों के भावों को प्रभावित नहीं करते, क्योंकि ये आवश्यक वस्तुओं और सेवाओं से संबंधित होती हैं। इनकी बिक्री अटल परिवर्तनहीन होती है और आर्थिक हालात जैसे भी हों, ये मुनाफा कमा ही लेती हैं।

चक्रीय कंपनियाँ	गैर-चक्रीय कंपनियाँ
आर्थिक हालात के आधार पर शेयरों के भाव घटते-बढ़ते रहते हैं।	शेयरों के भावों का आर्थिक हालात से कोई सरोकार नहीं होता और इसीलिए इन्हें 'डिफेंसिव स्टॉक्स' कहा जाता है।
शेयरों के भाव में उछाल कम अवधि तक रहता है।	शेयरों के भाव में उछाल लंबे समय तक कायम रहता है।
ये कंपनियाँ विलासितापूर्ण वस्तुएँ व सेवाएँ देती हैं।	ये कंपनियाँ ऐसी वस्तुएँ व सेवाएँ प्रदान करती हैं, जिनकी हमें दैनिक आधार पर आवश्यकता होती है।
इस श्रेणी के तहत ऑटोमोबाइल, होटल और विमानन जैसे क्षेत्र आते हैं।	इस श्रेणी के तहत एफ.एम.सी.जी., फार्मास्यूटिकल्स और पावर जैसे क्षेत्र आते हैं।
ये शेयर शॉर्ट टर्म ट्रेडिंग के लिए अच्छे हैं। उदाहरण,—कार, यात्रा, शानदार भोजन इत्यादि।	ये शेयर निवेश के लिए अच्छे हैं। उदाहरण,—साबुन, दवाएँ, गैस इत्यादि।

निष्कर्षत : जब निवेश की बात हो तो चक्रीय कंपनियों से बचें।

उछाल के तीन चरण

हर अच्छे शेयर को इन तीन चरणों से गुजरना पड़ता है—

- स्थापना चरण

- मुख्य चरण
- परिपक्व चरण।

स्थापना चरण

इस चरण में निवेश के लिए अच्छे शेयर को पहचानना बहुत कठिन होता है, क्योंकि—

- शेयर किसी बीते दो या तीन वर्षों से उपेक्षित सेक्टर या सब-सेक्टर से होता है।
- विश्लेषक इसके लिए शून्य या न्यूनतम क्रय की अनुशंसा करते हैं।
- पी.ई. अनुपात ऐतिहासिक रूप से न्यूनतम होता है।
- कंपनी के प्रमोटर इसे खरीद सकते हैं या मौजूदा क्षमता को धीरे-धीरे विस्तारित कर सकते हैं।

मुख्य चरण

यह निवेश करने का आदर्श चरण है। इस चरण में शेयर धीरे-धीरे मीडिया में दिखाई देना शुरू हो जाता है। इस चरण में निवेश के लिए अच्छा शेयर पहचानने की संभावना अधिक होती है, क्योंकि—

- इसकी कहानी होती है।
- व्यक्ति दैनिक खबरों पर निकट से नजर रखकर इनके बारे में जानकारी ले सकते हैं।
- इसका सबसे मुख्य सूचक यह हो सकता है कि शेयर गिरते हुए बाजार में भी बढ़ रहा हो।

परिपक्व चरण

निवेश के लिए शेयरों की पहचान करना इस चरण में और भी आसान हो जाता है; लेकिन व्यक्ति को इस बात की दोहरी जाँच कर लेनी चाहिए कि इसके भाव बढ़ने के कितने अवसर हैं!

- बड़े पैमाने पर मीडिया कवरेज और विश्लेषक इस शेयर को खरीदने की अनुशंसा करते हैं।
- शेयर को चुनने के पूर्व सबसे पहले यह जानें कि इसकी कहानी लघु-आवधिक है या दीर्घावधिक!
- यदि शेयर चक्रीय कंपनी का है तो बेहतर यही है कि इसमें इस चरण में निवेश न किया जाए। गैर-चक्रीय कंपनी के लिए इसमें अधिक रिटर्न पाने की आशा की जा सकती है।

पोर्टफोलियो विविधता

एक उचित विविधतापूर्ण पोर्टफोलियो में शेयरों की संख्या सीमित, लेकिन विभिन्न सेक्टरों में होनी चाहिए। विभिन्न सेक्टरों में निवेश द्वारा व्यक्ति संपूर्ण निवेश जोखिम को कम कर सकता है; साथ ही, किसी एक शेयर या सेक्टर के खराब प्रदर्शन से पोर्टफोलियो का प्रदर्शन प्रभावित नहीं होगा।

याद रखिए, किसी एक सेक्टर का लंबे समय तक प्रभुत्व नहीं रह सकता; इसलिए, कोई भी स्थायी रूप से लाभ या हानि प्रदान करनेवाला नहीं होता। पिछले साल में सबसे अच्छा प्रदर्शन करनेवाला सेक्टर आनेवाले साल का सबसे खराब प्रदर्शन करनेवाला सेक्टर हो सकता है।

निवेश का समय-निर्धारण

अपना सारा पैसा एक ही दिन में निवेशित न करें, धीरे-धीरे निवेश करें। जैसा वॉरेन बफे का कहना है, "यह कहीं अच्छा है कि शानदार कंपनी को सही भाव पर खरीदा जाए, बजाय इसके कि सही कंपनी को शानदार भाव पर खरीदें।"

निवेश के लिए शेयर और सेक्टर को चुनने के बाद इसे खरीदने के लिए उचित समय की प्रतीक्षा करें; जल्दबाजी न करें। याद रखें, उचित शेयर को गलत भाव पर खरीदना अच्छा निवेश नहीं हो सकता।

"भाव आप चुकाते हैं, मूल्य आपको प्राप्त होता है।" —वॉरेन बफे

सही समय जानने की जानकारी निफ्टी पी.ई. को संदर्भित है, क्योंकि यह दरशाता है कि बाजार किस दिशा में बढ़ रहा है। इस जानकारी को www.nseindia.com से भी प्राप्त किया जा सकता है।

निम्न निफ्टी पी.ई. डाटा आपको बता सकता है कि निवेश कब किया जाए।

यदि निफ्टी पी.ई. हो—

<15	– 100% निवेश का सर्वोत्तम अवसर
15–18	– 100% निवेशित रखें
18–20	– निफ्टी अधिकांशतः इसी रेंज में ट्रेड करता है। अपने पोर्टफोलियो का क्रमशः निर्माण करें।
20–22	– शेयरों का चयन करते समय सतर्क रहें।
22–24	– बाजार 10% से अधिक गिर सकता है या लाभ बढ़ सकता है।
24+	– निवेश न करना सही रहेगा; मुनाफा काटें या प्रतीक्षा करें।
25+	– व्यक्ति 20% से 30% गिरावट की आशा कर सकता है। या तो नकद को जमा रखें या कम भाव पर पुनः प्रवेश करें।

प्रतिशत आवंटन (परसेंटेज एलोकेशन)

एक अच्छे विविधतापूर्ण पोर्टफोलियो में अधिकतम दस से पंद्रह शेयर होने चाहिए, जो पाँच से सात सेक्टरों में बँटे हों। प्रत्येक शेयर में न्यूनतम 7 प्रतिशत और अधिकतम 15 प्रतिशत आवंटन करें। अपने पोर्टफोलियो का धीरे-धीरे निर्माण करें और हर तरह का लाभ लेने के लिए लंबे समय तक निवेश किए रहें।

बुद्धिमत्तापूर्ण निवेश के कुछ उदाहरण

बहुत से लोग उचित भाव पर सही शेयर/सेक्टर को चुनने में सफल हो जाते हैं; लेकिन भावों में 10 से 15 प्रतिशत की वृद्धि देखने पर वे सहज ही

विक्रय के लिए ललचा जाते हैं। आप शेयर को बहुत जल्दी बेचकर सभी लाभ हासिल नहीं कर सकते। अच्छी कंपनी में लंबे समय तक निवेशित रहने से अकल्पनीय रिटर्न उत्पादित हो सकता है।

उदाहरण-1 : एम.आर.एफ.

वर्ष 2013 में एम.आर.एफ. के शेयर का भाव लगभग 11,000 रुपए प्रति शेयर था। बहुत से निवेशक इस भाव के कारण निवेश नहीं कर सके। सब लोग यह देखकर हैरान रह गए कि एम.आर.एफ. ने वर्ष 2017 में अपने अब तक के सबसे अधिकतम भाव, लगभग 74,000 रुपए प्रति शेयर को छू लिया। यह अपने वास्तविक भाव से लगभग 6.7 गुना बढ़ गया, अर्थात् मात्र चार वर्ष में 670 प्रतिशत की वृद्धि हुई।

इस शेयर के भाव में निम्न कारणों से उछाल आया—

- रबर की कीमतों में कमी आना।
- टायर की माँग बढ़ती रहने के बावजूद टायर की बिक्री कीमत नीचे नहीं आई।

उदाहरण-2 : अजंता फार्मा

वर्ष 2013 में अजंता फार्मा के शेयर का भाव लगभग 200 रुपए प्रति शेयर था। बहुत से निवेशकों ने इस कम ज्ञात फार्मा के शेयर को नजरअंदाज कर दिया। उस समय सभी लोग हैरान रह गए, जब वर्ष 2017 में अजंता फार्मा अपने तब तक के सबसे अधिकतम भाव, लगभग 1,997 रुपए प्रति शेयर को छू गया। यह अपने वास्तविक भाव से करीब 10 गुना बढ़ गया; अर्थात् मात्र चार वर्षों में 1000 प्रतिशत की वृद्धि हुई।

उदाहरण-3 : आयशर मोटर्स

आयशर मोटर्स ट्रक व ट्रैक्टर जैसे व्यावसायिक वाहनों का निर्माण करते हैं और यह विख्यात मोटरबाइक ब्रांड रॉयल एनफील्ड के मालिक हैं।

एक रॉयल एनफील्ड बुलेट की कीमत वर्ष 2001 में लगभग 54,000 रुपए थी। यदि कोई व्यक्ति बुलेट खरीदने की जगह इतनी ही राशि को आयशर मोटर्स के शेयर में निवेश कर देता तो उसका मूल्य वर्ष 2015 में लगभग 4.65 करोड़ के निकट होता।

अविश्वसनीय! चौदह वर्षों में 54,000 रुपए का निवेश 4.65 करोड़ रुपए में बदल जाएगा।

उदाहरण-4 : इनफोसिस

वर्ष 1993 में जब इनफोसिस पब्लिक हुई थी, तब यदि आपने उसमें 10,000 रुपए निवेश किए होते, जिसमें आपको कंपनी के लगभग 100 शेयर मिल जाते। तब से लेकर वर्ष 2015 तक इनफोसिस ने लगभग सात बार बोनस की घोषणा की है और उन्होंने एक बार स्टॉक स्प्लिट किया था। अब वे 100 शेयर 46,400 शेयरों में परिवर्तित हो गए होते। वर्ष 2015 में इस शेयर के लिए 1,020 रुपए प्रति शेयर भाव कोट किया गया, जिसका अर्थ हुआ कि उस निवेश का आज का मूल्य 4.73 करोड़ रुपए हो गया होता। इसके अलावा, निवेशकों को लगभग 27 लाख रुपए का लाभांश भी मिल जाता।

उदाहरण-5 : विप्रो

यदि आपने वर्ष 1980 में 10,000 रुपए विप्रो में निवेश किए होते, जिसमें आपको कंपनी के 100 शेयर मिलते। तब से वर्ष 2010 तक विप्रो दस गुना बोनस की घोषणा कर चुका है और उन्होंने दो बार स्टॉक स्प्लिट किया है। उनके 100 शेयर 96,00,000 शेयरों में परिवर्तित हो जाते। वर्ष 2014 में इस शेयर का भाव 555 रुपए प्रति शेयर कोट किया गया, जिसका अर्थ हुआ कि उस निवेश का मूल्य 532 करोड़ रुपए हो गया होता। इसके अतिरिक्त, निवेशकों को लगभग 6 करोड़ रुपए का लाभांश मिला होता।

निष्कर्ष

पिछले मल्टीबैगर्स में आँख बंद करके निवेश न करें। उपर्युक्त उदाहरण

केवल शैक्षणिक उद्देश्य से दिए गए हैं और मैं पाठकों को इन्हें मौजूदा बाजार भाव पर खरीदने की अनुशंसा नहीं करता। बहुत से निवेशक अपने निवेश में 30 प्रतिशत वृद्धि हो जाने पर भी संतोष अनुभव नहीं करते। उनमें इतना धैर्य भी नहीं होता कि अस्थिर बाजार में मूल्य-वृद्धि स्टॉक को अपने पास बनाए रख सकें। वे अच्छे शेयरों को पहले बेच देते हैं और कमजोर शेयरों को लंबे समय तक अपने पास रखते हैं।

लेकिन यदि आप सचमुच असाधारण रिटर्न पाने की इच्छा रखते हैं तो आपको कंपनी के बारे में काफी अधिक मौलिक शोध करना होगा और उसमें उसके शुरुआती चरण में ही निवेश करना होगा। उच्च गुणवत्तावाले शेयरों को पहचानना एक कला है और इसे झटपट सिद्ध नहीं किया जा सकता। अपने पोर्टफोलियो का धीरे-धीरे निर्माण करें और अपनी गलतियों से सीखें। अपने सौदों को एक अलग पुस्तिका में दर्ज करें और उनके सफल व विफल रहने के कारणों की समीक्षा करें। मेरी सलाह है कि यदि आप शेयर बाजार के लिए नए हैं तो वास्तविक धन से ट्रेड न करें, बल्कि इसकी जगह अपने ट्रेड अनुभव की शुरुआत आभासी धन (वर्चुअल मनी) से करें।

कॉरपोरेट क्रियाएँ

निम्नलिखित वे विभिन्न कॉरपोरेट क्रियाएँ हैं, जिनके बारे में बतौर निवेशक आपको पता होना चाहिए :—

- बोनस
- स्टॉप स्प्लिट
- राइट्स इश्यू
- बायबैक
- लाभांश।

आमतौर पर, सभी कॉरपोरेट क्रियाओं की शुरुआत बोर्ड ऑफ डायरेक्टर्स से होती है और कंपनी के शेयरधारक मतदान द्वारा इसे स्वीकृति देते हैं।

बोनस

बोनस शेयर कंपनी की आरक्षित नकदी निधि पर जारी किए जाते हैं। यह एक तरह से शेयरधारकों के कंपनी में निवेश करने के लिए प्रशंसात्मक उपहार जैसा होता है। निवेशक को उसके पास मौजूद शेयरों के जितने शेयर नि:शुल्क दिए जाते हैं। सभी निवेशकों को बोनस शेयर एक स्थिर अनुपात में आवंटित किए जाते हैं।

उदाहरण

कंपनी 'क' 2:1 के अनुपात में बोनस शेयर आवंटित करती है।

इसका अर्थ हुआ कि निवेश द्वारा धारित प्रत्येक शेयर के लिए उसे दो और शेयर उसी फेस वैल्यू पर नि:शुल्क मिलेंगे। अत:, यदि आपके पास कंपनी के 1,000 शेयर हैं (मान लीजिए, इसका मौजूदा बाजार भाव 12 रुपए है) और कंपनी 2:1 के अनुपात में बोनस शेयर देने की घोषणा करती है तो आपको 2,000 शेयर अतिरिक्त मिल जाएँगे और आपके पास मौजूद शेयरों की कुल संख्या बढ़कर 3,000 शेयर हो जाएगी और इनकी फेस वैल्यू में कोई बदलाव नहीं होगा।

लेकिन याद रखिए, इससे केवल शेयरों की संख्या में वृद्धि होगी; हालाँकि निवेश मूल्य वही बना रहेगा, जो पहले था। बोनस शेयर मिलने के बाद प्रति शेयर भाव उसी अनुपात में कम हो जाएगा। अत: इनका भाव 12 रुपए से घटकर 4 रुपए हो जाएगा।

1,000 *12 रुपए =12,000 रुपए (बोनस से पहले)।

3,000 *4 रुपए =12,000 रुपए (बोनस के बाद)।

निवेश मूल्य वही रहेगा और निवेशक को उसी फेस वैल्यू पर मुफ्त शेयर मिल जाएँगे।

स्टॉक स्प्लिट

शेयरों में फेस वैल्यू के संबंध में स्प्लिट (विभाजन) हो जाएगा। स्टॉक

स्प्लिट के बाद मौजूदा शेयरों की संख्या बढ़ जाएगी और निवेश का मूल्य पहले जैसा ही रहेगा।

उदाहरण

कंपनी 'क' 10 रुपए की फेस वैल्यूवाले हर शेयर के लिए 5:1 के स्टॉप स्प्लिट रेशियो की घोषणा करती है। इससे फेस वैल्यू पाँच भागों में विभाजित हो जाती है—नई फेस वैल्यू 10/5=2 रुपए होगी। चूँकि फेस वैल्यू घटकर 2 रुपए हो गई है, अत: उस शेयर का वर्तमान भाव इसी अनुपात में समायोजित हो जाता है।

एक निवेशक, जिसके पास 100 रुपए के बाजार भाव पर 50 शेयर होंगे, स्टॉक स्प्लिट के बाद उसके पास 20 रुपए के भाव पर 250 शेयर हो जाएँगे।

50 *100 रुपए =5,000 रुपए (स्प्लिट से पहले फेस वैल्यू 10 थी)।

250 *20 रुपए =5,000 रुपए (स्प्लिट के बाद फेस वैल्यू 2 होगी)।

निवेश मूल्य पहले जैसा ही रहेगा और निवेशक को नई फेस वैल्यू पर अतिरिक्त संख्या में शेयर प्राप्त हो जाएँगे।

राइट्स इश्यू

राइट्स इश्यू वर्तमान शेयरधारकों तक ही सीमित रहते हैं और ये आम जनता के लिए नहीं होते। कंपनियाँ एफ.पी.ओ. (फर्दर पब्लिक ऑफर) के लिये जाने की जगह वर्तमान शेयरधारकों से पुन: पूँजी जुटाने के लिए विकल्प के तौर पर इसका उपयोग करती हैं। आमतौर पर राइट्स इश्यू छूट प्राप्त दर पर दिए जाते हैं, जिससे वर्तमान शेयरधारकों को लाभ हो सके। इसका अर्थ हुआ कि शेयरधारक नए शेयरों को उस भाव पर सबस्क्राइब कर सकते हैं, जो मौजूदा बाजार भाव से कम होता है।

सभी राइट्स इश्यू को सबस्क्राइब करना ठीक नहीं रहता। इन्हें सबस्क्राइब करने से पहले शोध कीजिए। कई बार राइट्स इश्यू का भाव मौजूदा बाजार भाव के समान ही होता है। ऐसे मामले में अच्छा यही रहेगा कि इन्हें सबस्क्राइब न किया जाए।

प्राय: इन्हें आवंटित करने का अनुपात 1:5, 1:10 आदि होता है।

उदाहरण

मान लीजिए, कंपनी 'क' 1:5 के अनुपात में राइट्स इश्यू की घोषणा करती है। इसका अर्थ हुआ कि आपके द्वारा धारित प्रति पाँच शेयरों पर आप एक अतिरिक्त शेयर सबस्क्राइब कर सकते हैं।

शेयरों का बायबैक

शेयरधारक बायबैक के माध्यम से एक निश्चित भाव पर शेयरों को फिर से खरीद सकते हैं। यह तब होता है, जब कंपनी के पास नकदी अधिक हो जाए और वे खुले बाजार में अपने शेयरों की संख्या घटाना चाहती हो। आमतौर पर, वर्तमान शेयरधारकों को पुरस्कृत करने के लिए बायबैक भावों को मौजूदा बाजार भावों से कुछ अधिक रखा जाता है। बायबैक के बाद शेयरों की तरलता कम हो जाती है और शेयर के भाव बढ़ जाते हैं।

कंपनियाँ निम्न स्थितियों में बायबैक की घोषणा करती हैं—

(अ) नए निवेशकों को आकर्षित करने के लिए।

(ब) जब कंपनियों को अपने शेयर अंडरवैल्यू होते महसूस होते हैं तो वे अपने शेयरों का मूल्य बढ़ाने के लिए बायबैक की घोषणा करती हैं।

(स) प्रमोटर का होल्डिंग प्रतिशत बढ़ाने के लिए।

(द) शेयरधारकों को विश्वास दिलाने के लिए।

(ई) उन शेयरधारकों के खतरे से बचने के लिए, जो शेयरों पर नियंत्रण करना चाहते हों।

(फ) कंपनी को आगे चलकर गैर–सूचीबद्ध करने के लिए।

(ग) लाभांश देने की जगह कुछ कंपनियाँ बायबैक विकल्प को शेयरधारकों के लिए पुरस्कार प्रोत्साहन के तौर पर प्रस्तावित करती हैं।

लाभांश

लाभांश मुनाफे का वह भाग है, जो कंपनी अपने शेयरधारकों को देती है; आमतौर पर यह शेयर की फेस वैल्यू का प्रतिशत होता है।

विदेशी कंपनियों से प्राप्त लाभांश कराधीन होता है, जबकि घरेलू कंपनियों से प्राप्त प्रतिवर्ष 10 लाख रुपए तक का लाभांश कर-मुक्त होता है। यदि एक वर्ष के भीतर किसी घरेलू कंपनी से प्राप्त लाभांश 10 लाख रुपए से अधिक हो जाता है, तब उस पर 10 प्रतिशत की टैक्स दर लागू होती है।

उदाहरण के लिए, मान लेते हैं कि श्री कुमार को एक वर्ष के भीतर विभिन्न भारतीय कंपनियों से 12 लाख रुपए का लाभांश प्राप्त हुआ। अब, चूँकि उनकी लाभांश आय 10 लाख रुपए से अधिक है तो उन्हें इस 10 लाख रुपए की लाभांश आय पर 10 प्रतिशत कर अदा करना होगा। अत: उनका देय कर 20,000 रुपए (2 लाख का 10 प्रतिशत) होगा।

कुछ कंपनियाँ लाभांश नहीं देतीं और कुछ प्रति वर्ष एक या अधिक बार लाभांश देती हैं। याद रखिए, यह भी संभव है कि नुकसान में जा रही एक कंपनी अपनी अतिरिक्त आरक्षित नकदी निधि से लाभांश प्रदान करे।

लाभांश न देनेवाली कंपनियाँ बुरी नहीं होतीं। इसका केवल यह अर्थ है कि उन्होंने मुनाफे को शेयरधारकों को देने की जगह इस मुनाफे को पुन: व्यापार में निवेश करने का निर्णय लिया है।

उदाहरण

यदि किसी शेयर की फेस वैल्यू 10 रुपए है और कंपनी उस पर 50 प्रतिशत लाभांश देने की घोषणा करती है, तो आपको अपने प्रत्येक शेयर पर 5 रुपए का लाभांश प्राप्त होगा।

10 रुपए * 50 प्रतिशत = 10 * (50/100) = 5 रुपए

लाभ लेने के लिए व्यक्ति को किस समय खरीद करनी चाहिए?

किसी भी कॉरपोरेट क्रिया के लिए निम्नलिखित चार तिथियाँ महत्त्वपूर्ण होती हैं—

- लाभांश घोषणा तिथि (डिविडेंड डिक्लेरेशन डेट)।
- पूर्व लाभांश तिथि (एक्स डिविडेंड डेट)।
- रिकॉर्ड तिथि।
- लाभांश भुगतान तिथि (डिविडेंड पे-आउट डेट)।

यदि आप किसी शेयर को लाभांश के लिए खरीदने की योजना बना रहे हैं तो सुनिश्चित करें कि आप इस शेयर को पूर्व लाभांश तिथि से पहले खरीद लें। पूर्व लाभांश तिथि को शेयर का भाव प्रति शेयर लाभांश घटाकर कोट होता है। इसे एक उदाहरण द्वारा समझाता हूँ—

रविवार	सोमवार	मंगलवार	बुधवार	गुरुवार	शुक्रवार	शनिवार
	1	2	3	4	5	6
7	8	9	10	11	12	13
14	15	16	17	18	19	20
21	22	23	24	25	26	27
28	29	30				

3	4 से 16	17	19	26
लाभांश घोषणा तिथि	लाभांश लेने के लिए इस अवधि में शेयर खरीदें	पूर्व लाभांश तिथि	रिकॉर्ड तिथि	भुगतान तिथि

कंपनी 'क' ने लाभांश के बारे में निर्णय लेने के लिए बोर्ड ऑफ डायरेक्टर्स को वार्षिक साधारण बैठक (ए.जी.एम.) के लिए 3 तारीख को बुलाया। इस तिथि को 'लाभांश घोषणा तिथि' कहते हैं। यदि कंपनी बोर्ड लाभांश इश्यू को स्वीकार कर लेता है तो वे रिकॉर्ड तिथि तय करते हैं (19)।

रिकॉर्ड तिथि (19) वह तारीख है, जिस दिन कंपनी उन शेयरधारकों की सूची को तय कर देती है, जो लाभांश पाने के हकदार हैं। लाभांश घोषणा तिथि

और रिकॉर्ड तिथि के बीच आमतौर पर इतना अधिक समय होता है, जिसमें निवेशक को लाभांश हेतु शेयर खरीदने के लिए पर्याप्त समय हो।

पूर्व लाभांश तिथि (17) हमेशा रिकॉर्ड तिथि (19) से दो दिन पहले होती है। भारत में स्टॉक सेटलमेंट टी+2 दिन होती है। इसका अर्थ हुआ कि शेयर आपके डीमैट खाते में अगले दो कार्यदिवसों के बाद जमा होंगे।

यदि आप किसी शेयर को लाभांश के लिए खरीद रहे हैं तो सुनिश्चित करें कि आप इसे पूर्व लाभांश तिथि (17) से पहले खरीद लें; क्योंकि इसकी अदायगी में दो कार्यदिवस लग जाएँगे और केवल तभी आपका नाम रिकॉर्ड तिथि पर कंपनी रजिस्टर में शामिल होगा।

याद रखें, पूर्व लाभांश तिथि पर शेयर का भाव प्रति शेयर लाभांश घटाकर कोट किया जाता है, अर्थात् यदि पूर्व लाभांश तिथि के दिन से पहले शेयर का भाव 50 रुपए है और कंपनी प्रति शेयर 5 रुपए लाभांश देने की घोषणा करती है तो पूर्व लाभांश तिथि को इस भाव में से 5 रुपए समायोजित कर दिए जाएँगे और शेयर 45 रुपए पर उपलब्ध होगा।

लाभांश भुगतान तिथि (26) वह तारीख है, जिसको कंपनी शेयरधारक को लाभांश का भुगतान करती है। यह रिकॉर्ड तिथि (19) के करीब एक या दो सप्ताह बाद होता है।

निफ्टी BeES

निफ्टी BeEs, गोल्डमैन सैश का ई.टी.एफ. (एक्सचेंज ट्रेडेड फंड) है, जो नेशनल स्टॉक एक्सचेंज में ट्रेड होता है। प्रत्येक निफ्टी BeEs यूनिट निफ्टी इंडेक्स वैल्यू का 1/10वाँ हिस्सा होती है। निफ्टी BeEs यूनिट्स का—खुले बाजार के किसी भी दूसरे स्टॉक की भाँति—डीमैटीरियलाइज प्रारूप में कारोबार होता है। निफ्टी BeEs का प्रदर्शन निफ्टी सूचकांक के बाकी सभी शेयरों के प्रदर्शन का परिणाम मात्र होता है। निफ्टी BeEs में निवेश करना बहुत आसान होता है और इसमें जोखिम भी कम है, क्योंकि इसकी 1 यूनिट में निफ्टी सूचकांक के 50 शेयर शामिल होते हैं और जोखिम 1 यूनिट से अधिक में बँटा

हुआ होता है। निफ्टी के बढ़ने पर निफ्टी BeEs भी बढ़ता है और निफ्टी के गिरने पर इसमें भी गिरावट आती है।

प्रदर्शन न करनेवाली कंपनियों को प्रदर्शन करनेवाली कंपनियाँ हटा देती हैं; अतः आपका निवेश हमेशा सुरक्षित रहता है। एक्सचेंज ट्रेड फंड्स के पास ऐसे स्वचालित ढंग से काम करनेवाले कंप्यूटर प्रोग्राम हैं। कुछ साल पहले, जब सत्यम कंप्यूटर्स परेशानी में आई तो स्टॉक एक्सचेंज ने इसे देश की सबसे बड़ी दवा उत्पादक कंपनी सन फार्मास्यूटिकल्स से बदल दिया।

निफ्टी सूचकांक की सभी पचास कंपनियों को व्यक्तिगत रूप से खरीदने की जरूरत नहीं है, क्योंकि निफ्टी BeEs खरीदकर एक छोटी धनराशि ही सभी पचास शेयरों के हिस्से खरीदने के लिए काफी होती है; लेकिन सभी निफ्टी कंपनियों में एक शेयर खरीदने के लिए बड़े निवेश की आवश्यकता होती है। इसके अलावा, सभी पचास कंपनियों का पोर्टफोलियो और फंड आवंटन का प्रबंधन करने में काफी समय लगता है। इसके अतिरिक्त, किसी कंपनी के सूचकांक में हट जाने पर पोर्टफोलियो को फिर से बनाना अपने आप में सिरदर्द है।

यदि आप नए हैं और नहीं जानते कि कहाँ से शुरुआत की जाए तो निम्नलिखित रणनीति का पालन करें।

प्रतिमाह निफ्टी BeEs के 'N' शेयर खरीदें।

उदाहरण

अपनी बचत में से 25 प्रतिशत निकालें और प्रतिमाह निफ्टी BeEs में निवेश करते रहें, भले ही बाजार चाहे ऊपर जा रहा हो या नीचे।

यदि आपकी मासिक बचत 20,000 रुपए है तो मासिक आधार पर 5,000 रुपए निफ्टी BeEs में निवेश करते रहें। हर माह निवेश करने से पाँच वर्षों में आपके पास कुछ सौ शेयर हो जाएँगे। ऐसा करके आपने बुद्धिमत्तापूर्वक 50 शेयरों में निवेश किया है, जो बाईस से भी ज्यादा सेक्टर में फैले हैं और वह भी एक ही बार में।

निश्चित ही यह किसी कंपनी के शेयर खरीदने से कम जोखिमपूर्ण है। यदि कोई एक खास सेक्टर अच्छा प्रदर्शन नहीं कर सका तो बाकी सेक्टर उसकी क्षतिपूर्ति कर सकते हैं। इस तरह, आपको शांति रहेगी और आपका निवेश कुछ सेक्टरों के अच्छा प्रदर्शन न करने पर भी विकसित होता रहेगा। यह दस वर्षों की अवधि में 15 प्रतिशत वार्षिक रिटर्न की गारंटी होगा।

निफ्टी BeEs के लाभ

1. म्यूचुअल फंड के विपरीत निफ्टी BeEs गैर-प्रभार योजना है।
2. निफ्टी BeEs तरल है और यह खुले बाजार में उपलब्ध है।
3. निफ्टी BeEs तटस्थ होता है, क्योंकि इसमें फंड मैनेजर का पूर्वग्रह नहीं होता।
4. एक यूनिट में निवेश करने से आपको निफ्टी सूचकांक के 50 शेयर मिल जाते हैं। यह आसान और तत्काल डायवर्सिफिकेशन (विविधीकरण) है।
5. आपको निफ्टी BeEs के लिए लाभांश मिलेगा।

शेयर के सूचकांक में शामिल होने के विविध मानदंड

- **अधिवास (डोमिसाइल)**—कंपनी भारतीय अधिवास की होनी चाहिए और एन.एस.ई. में ट्रेड करती हो।
- **बाजार पूँजीकरण**—कंपनी की हाल की छमाही औसत बाजार पूँजी 500 करोड़ रुपए या अधिक होनी चाहिए।
- **मुक्त प्रवाह**—इन्वेस्टेबल वेट फैक्टर (आई.डब्ल्यू.एफ.) कम-से-कम 10 प्रतिशत होना आवश्यक है। इसमें कंपनी के ट्रेडिंग के लिए उपलब्ध शेयर संबंधी विवरण शामिल होना चाहिए। इसमें कंपनी के प्रमोटरों द्वारा धारित शेयर शामिल नहीं होंगे।
- **तरलता**—सूचकांक में शामिल होने के लिए प्रतिभूति बीते छह माह के

दौरान 0.50 प्रतिशत या इससे कम एवरेज इंपैक्ट कॉस्ट पर ट्रेड हुआ हो, जिसमें 90 प्रतिशत पोर्टफोलियो में 10 करोड़ रुपए दिखा सके।

- **सूचीकरण मानदंड**—शामिल होने के लिए कंपनी का न्यूनतम सूचीकरण इतिहास छह महीने का होना चाहिए। आई.पी.ओ. निकालने वाली कोई भी कंपनी सूचकांक में शामिल हो सकती है, जो सूचकांक के सामान्य अर्हता मानकों—प्रभाव, लागत और प्रवर्तन-समायोजित बाजार पूँजी को तीन माह की अवधि तक पूरा करती हो।
- **विभेदक मतदान अधिकार**—वे इक्विटी प्रतिभूति, जो विभेदक मतदान अधिकार (डी.वी.आर.) सहित हों, वे शामिल हो सकती हैं।
- **निफ्टी 50 शेयरों के लिए एफ एंड ओ पैमाना**—निफ्टी 50 में शामिल होने की योग्यता के लिए शेयर का एन.एस.ई. के फ्यूचर्स एंड ऑप्शन सेगमेंट में ट्रेडिंग के लिए उपलब्ध होना आवश्यक है।
- **ट्रेडिंग फ्रीक्वेंसी**—शेयर बीते तीन महीने में प्रत्येक कारोबारी दिवस ट्रेड हुआ हो।

BeEs के प्रकार

एक्सचेंज ट्रेडेड फंड कई तरह के होते हैं। उनमें से कुछ नीचे उल्लिखित हैं :—

1. बैंक BeEs

बैंक BeEs गोल्डमैन सैश बैंक ई.टी.एफ. फंड है। इसमें सभी बैंक निफ्टी ट्वेल्व स्टॉक्स शामिल हैं। जो भी निवेशक भारतीय अर्थव्यवस्था के शीर्ष बैंकों में निवेश करना चाहता है, वह इस बैंक BeEs में निवेश द्वारा ऐसा कर सकता है। अच्छा प्रदर्शन न करनेवाले बैंक से अच्छा प्रदर्शन करनेवाले बैंक को बदल दिया जाता है, जिससे आपके निवेश की सुरक्षा को हमेशा सुनिश्चित किया जा सके।

2. गोल्ड BeEs

गोल्ड ई.टी.एफ. ओपन एंडेड म्यूचुअल फंड योजना है, जो सोने में कम राशि को निवेश करने की अनुमति देती है, जिससे रिटेल निवेशक के लिए इसमें भागीदारी आसान हो जाती है।

इससे ऐसा रिटर्न मिलता है, जो स्पॉट मार्केट के भौतिक स्वर्ण की रिटर्न के काफी नजदीक होता है। इसमें न्यूनतम लॉट एक यूनिट का होता है और इस यूनिट को सीधे फंड से या बाजार से भुनाया जा सकता है।

3. रिलायंस लिक्विड BeEs

लिक्विड BeEs दैनिक लाभांश और लाभांश के अनिवार्य पुनर्निवेश वाली ओपन एंडेड लिक्विड योजना है। लिक्विड BeEs को एन.एस.ई. से सीधे खरीदा जा सकता है। लिक्विड BeEs की एक यूनिट की कीमत 1,000 रुपए होती है; लिक्विड BeEs की कीमत हमेशा 1,000 रुपए होती है। आपको हैरानी हो रही होगी कि यदि कीमत स्थिर बनी रहे तो कमाई कैसे संभव है? यह संभव है, क्योंकि रिटर्न पूँजीगत मूल्य-वृद्धि द्वारा नहीं, बल्कि लाभांश के रूप में होता है।

कई बार निवेशकों के पास कोई व्यवहार्य निवेश विकल्प नहीं होता और उनके ट्रेडिंग खातों में धनराशि बिना कोई ब्याज अर्जित किए बेकार पड़ी रहती है। ऐसे समय निवेशक लिक्विड BeEs खरीदकर लाभांश अर्जित कर सकता है। जब भी क्रय अवसर उत्पन्न हो, निवेशक इस लिक्विड BeEs (उच्चतम तरलता) को आसानी से बेच सकते हैं और अपनी मार्जिन राशि का भुगतान कर सकते हैं। एक अच्छी खबर यह भी है कि इन लिक्विड BeEs से अर्जित लाभांश कर-मुक्त होता है।

कंपनी का तिमाही परिणाम- क्या देखें और क्या छोड़ें?

किसी कंपनी के तिमाही परिणामों का विश्लेषण करते हुए निम्नलिखित पर ध्यान दें—

1. मूल्यांकन करें कि बिक्री, खर्च और लाभप्रदता का कारण लघु-आवधिक पहलू है या दीर्घावधिक ढाँचागत बदलाव है! कभी भी लघु-आवधिक परिवर्तन के दीर्घावधिक रुख परिवर्तन के बीच भ्रमित न हों।

2. प्रमुख व्यापारिक पहलुओं के स्पष्टीकरण और अद्यतन के लिए 'नोट्स टू अकाउंट' सेक्शन की जाँच करें।

3. चक्रीय कंपनियों के लिए व्यापार सामयिक प्रकृति के होते हैं। अत: एक तिमाही से दूसरी तिमाही के प्रदर्शन में बड़ी विविधता को सही संदर्भों में देखा जाना चाहिए।

4. तिमाही लाभ और हानि विवरण के साथ ही कंपनियाँ अपनी बैलेंस शीट का अर्द्धवार्षिक प्रकाशन करती हैं। इसमें वर्ष-प्रतिवर्ष आधार पर हुए महत्त्वपूर्ण बदलावों की जाँच करें।

5. कुछ कंपनियाँ अपने तिमाही परिणामों के साथ न केवल प्रेजेंटेशन प्रकाशित करती हैं, बल्कि वे सम्मेलनों में भागीदारी एवं विश्लेषकों से मिलकर तिमाही प्रदर्शन और भावी संभावनाओं पर भी विचार-विमर्श करती हैं।

आपके पोर्टफोलियो को प्रभावित करनेवाले वैश्विक आर्थिक कारक

वैश्विक जगत् में दुनिया के एक हिस्से में जो बदलाव होते हैं, उनके दुनिया के प्रत्येक हिस्से में भी दूरगामी प्रभाव होते हैं।

दो प्रमुख वैश्विक आर्थिक घटनाएँ हैं—

1. तरलता में परिवर्तन।
2. आय में परिवर्तन।

तरलता में परिवर्तन

तरलता में परिवर्तन किसी भी वित्तीय प्रणाली में धन-प्रवाह की दिशा को परिवर्तित कर देता है। धन-प्रवाह में हुआ यह परिवर्तन लघु-आवधिक घटना है, जो मूल तत्त्वों द्वारा चालित नहीं होते। ऐसा धन-प्रवाह या तो शेयरों के भाव बढ़ाता है या उन्हें कम करता है; हालाँकि यह अस्थायी होता है।

अमेरिकी फेडरेशन द्वारा ब्याज दरों में वृद्धि धन-प्रवाह को आंशिक रूप से पुनः अमेरिकी वित्त प्रणाली की ओर मोड़ देती है। इससे शेयरों के भाव नीचे आ सकते हैं।

इसके विपरीत, अमेरिकी फेडरल रिजर्व का मात्रात्मक सुलभता कार्यक्रम लीजिए—यह और कुछ नहीं, बस अमेरिकी सेंट्रल बैंक की धन छापने की अभूतपूर्व क्रिया है। ऐसा बहुत सा 'सुलभ धन' (इजी मनी) भारत जैसे उभरते बाजारों में आ सकता है। इस तरह की अत्यधिक तरलता शेयरों के भाव बढ़ा सकती है।

आय में परिवर्तन

आय में परिवर्तन का कारण श्रम की माँग व आपूर्ति में परिवर्तन होता है।

उदाहरण के लिए, जब मेहनताने में तेजी से हुई वृद्धि के कारण चीनी श्रमिक महँगा पड़ने लगा तो इसका लाभ भारत जैसे निर्यात-आधारित सेक्टरों को होने लगा, क्योंकि भारत में श्रम लागत चीन की तुलना में कम है।

वहीं दूसरी ओर, मुद्रा विनिमय दरों ने यात्रा, निर्यात, आयात और अर्थव्यवस्था को प्रभावित किया। जब चीनी युआन में रुपए के मुकाबले गिरावट आई तो इसका भारतीय निर्यातकों के व्यापार पर बुरा प्रभाव पड़ा। सरल भाषा में कहें तो—सस्ते युआन का परिणाम चीन से अधिक आयात रहा।

स्टॉक स्क्रीनर

शेयर बाजार में 5,000 से भी अधिक शेयर सूचीबद्ध हैं। भौतिक रूप से इन सभी सूचीबद्ध कंपनियों के वित्त पर नजर रखना असंभव है। स्टॉक स्क्रीनर हमारे उन स्टॉक्स को छाँटने में मदद करते हैं, जो हमारे वित्तीय पैमाने पर खरे नहीं उतरते। स्टॉक स्क्रीनिंग ट्रेडर की यह भविष्यवाणी करने में मदद नहीं कर सकती कि शेयर किस दिशा में गति करेगा! इसकी जगह यह अच्छी गुणवत्तावाले स्टॉक्स को पहचानने में निवेशक की मदद करता है। स्टॉक स्क्रीनिंग द्वारा व्यक्ति एक शेयर की उस जैसे दूसरों के साथ तुलना करके इसके अनुसार क्रय/विक्रय का निर्णय ले सकता है। कुछ निवेशक आधारभूत स्क्रीनर को प्राथमिकता देते हैं, वहीं कुछ की प्राथमिकता तकनीकी स्क्रीनर है; जबकि बाकी सभी सबसे अच्छे स्टॉक को छाँटने के लिए दोनों का एक साथ उपयोग करने को प्राथमिकता देते हैं।

स्टॉक स्क्रीनर की सीमाएँ

स्टॉक स्क्रीनर शेयर चुनने का बेहतरीन साधन है, लेकिन इसकी भी अपनी सीमाएँ हैं—

1. यह कंपनी के केवल बीते प्रदर्शन की सूचना देता है और कंपनी की भावी संभावनाओं को लेकर कोई जानकारी प्रदान नहीं करता।
2. निवेशक को स्टॉक स्क्रीनर द्वारा प्रदत्त परिणामों पर आँख बंद करके विश्वास नहीं करना चाहिए। इन सूचनाओं का उपयोग आगामी शोध के शुरुआती बिंदु के तौर पर उपयोग किया जाना चाहिए, जिसके बाद निवेश संबंधी निर्णय लिया जा सकता है।

3. स्टॉक स्क्रीनर एक सांख्यिकीय उपकरण है, इसलिए इसमें शेयरों के गुणवत्ता पहलू पर ध्यान नहीं दिया जाता।

स्टॉक स्क्रीनर्स में उपयोग होनेवाले विभिन्न फिल्टर

एक व्यक्ति के शेयर छाँटने के कई मानदंड हो सकते हैं। इनमें से कुछ निम्न हैं—

1. सबसे अंडरवैल्यू पी/ई।
2. सबसे अंडरवैल्यू पी/बी।
3. मुनाफे के आधार पर सबसे तेजी से तरक्की करनेवाली कंपनियाँ।
4. सबसे अच्छे लाभांश-प्रदाता शेयर।
5. बैंक व वित्तीय संस्थान, जिनकी एसेट गुणवत्ता सर्वश्रेष्ठ हो।
6. उच्चतम शेयरधारक रिटर्नवाली कंपनियाँ ।

स्टॉक का अल्फा-बीटा क्या है, और यह क्यों महत्त्वपूर्ण है?

अल्फा

अल्फा को जोखिम-समायोजित आधार पर प्रदर्शन के पैमाने के तौर पर उपयोग किया जाता है। इसका उद्देश्य यह जानना है कि क्या निवेशक द्वारा लिये गए अस्थिरता जोखिम की क्षतिपूर्ति हो सकी है? अल्फा जोखिम का पैमाना है।

अल्फा अकसर वह संख्या होती है, जो किसी सूचकांक के रिटर्न द्वारा उसे मिलती है। अत: यदि आप किसी शेयर में निवेश करते हैं और वह आपको 20 प्रतिशत रिटर्न देता है, जबकि निफ्टी ने 5 प्रतिशत अर्जित किया है तो इसका अल्फा पंद्रह होगा।

1.0 के सकारात्मक अल्फा का अर्थ है कि उस फंड या स्टॉक ने अपने बेंचमार्क सूचकांक से 1 प्रतिशत अधिक बेहतर प्रदर्शन किया है। इसी तरह

1.0 का नकारात्मक अल्फा 1 प्रतिशत कम प्रदर्शन का सूचक है।

शून्य से अधिक अल्फा होने का अर्थ है कि निवेश ने अच्छा प्रदर्शन किया है।

नकारात्मक अल्फा का अर्थ है कि निवेश ने कमजोर प्रदर्शन किया है।

बीटा

बीटा सापेक्ष अस्थिरता का ऐतिहासिक पैमाना है। बीटा यह आकलन करता है कि संपूर्ण बाजार की तुलना में निवेश में कितनी परिवर्तनशीलता रही। बीटा का 1.0 होना दरशाता है कि निवेश ने बाजार के साथ गति की। बीटा के 1.0 से कम होने का अर्थ है कि बाजार के मुकाबले निवेश की परिवर्तनशीलता कम रही। इसका अर्थ हुआ कि शेयरों के भावों में अधिक उतार-चढ़ाव नहीं आया।

उदाहरण

- यदि बीटा –2 हो तो स्टॉक ने सूचकांक से दो गुणक विपरीत दिशा में गति की।
- यदि बीटा 1.4 हो तो सैद्धांतिक रूप से यह बाजार से 40 प्रतिशत अधिक परिवर्तनशील रहा।

निष्कर्ष

अल्फा और बीटा दोनों ही बीता जोखिम अनुपात दरशाते हैं। सभी गणनाएँ पिछले डाटा के उपयोग द्वारा की जाती हैं। याद रखिए, पिछला प्रदर्शन भावी परिणामों की गारंटी नहीं होता। अल्फा और बीटा केवल अवधि विशेष के दौरान अपेक्षाकृत अच्छे निवेश और अपेक्षाकृत खराब निवेश के बीच अंतर करने में मदद करते हैं।

विभिन्न सेक्टरों के आकलन में ध्यान रखने योग्य मुख्य मानक

प्रत्येक सेक्टर का आकलन पैटर्न दूसरे से अलग होता है और हम नीचे इन्हें देख सकते हैं।

एफ.एम.सी.जी.

एफ.एम.सी.जी. सेक्टर के आकलन हेतु देखे जाने योग्य मुख्य वित्तीय और मूल्यांकन अनुपात हैं।

- आर.ओ.सी.ई. (रिटर्न ऑन कैपिटल एंपलॉयड) रुख। इससे आप समझ सकेंगे कि कंपनी अपने संसाधनों का उपयोग कितनी कुशलता के साथ कर रही है।
- बीते पाँच वर्षों का लाभांश भुगतान का ट्रैक रिकॉर्ड।
- पी./ई. देखें (प्राइसटू अर्निंग्स रेशियो), बाजार पूँजीकरण से लेकर कर पूर्व विक्रय व लाभ तक।
- बीते पाँच वर्षों का सी.ए.जी.आर.। वास्तविक तरक्की का कारण नए पेश किए उत्पादों की सफलता और बाजार हिस्सेदारी में बढ़ोतरी है।
- परिचालन मार्जिन—देखिए कि रुख सुधार की ओर है या गिरावट की ओर! यदि सप्लाई चेन कुशल होगी तो इसमें सुधार होगा और यदि अत्यधिक प्रतिस्पर्धा के कारण विज्ञापन खर्च बढ़ा होगा तो इसमें गिरावट आएगी।
- नकदी प्रवाह और कार्यशील पूँजी दक्षता से आपको कंपनी की सौदेबाजी की शक्ति का अंदाज होने के साथ ही उसके अपने संसाधनों के उपयोग की क्षमता का अंदाजा हो जाएगा।

बैंकिंग

'प्राइस टू बुक वैल्यू' (पी./बी.वी.) बैंकिंग स्टॉक्स के आकलन के लिए बहुत महत्त्वपूर्ण है। चूँकि नकद किसी भी बैंक के लिए कच्चा माल है,

अत: दीर्घावधि में तरक्की की क्षमता के लिए अंतत: यह बैंक में मौजूद पूँजी पर ही निर्भर है, जहाँ पूँजी ही शुद्ध मूल्य (नेटवर्थ) है। उनकी उपलब्ध पूँजी की वास्तविक तसवीर जानने के लिए संपूर्ण अनर्जक आस्तियाँ परिसंपत्तियों (नॉन-परफॉर्मिंग एसेट्स) को शुद्ध मूल्य में से घटाना याद रखिए।

निवेशकों को निवेश करने से पहले प्रबंधन गुणवत्ता की दोहरी जाँच करने की आवश्यकता है।

सीमेंट

सीमेंट क्षेत्र के विश्लेषण के दौरान निम्नलिखित महत्त्वपूर्ण पहलू और मूल्यांकन अनुपात को अवश्य देखें।

पी/ई रेशियो के अलावा व्यक्ति को पी.सी.एफ. (प्राइस टू कैश फ्लो) रेशियो को भी देखना चाहिए। चूँकि सीमेंट उद्योग पूँजी-प्रधान है, इसलिए इसका मूल्य-ह्रास भी अधिक है, जिसका ध्यान रखना चाहिए।

- **भौगोलिक उपस्थिति**—कंपनी के सभी प्लांट केवल एक ही क्षेत्र तक सीमित नहीं होने चाहिए। इनका भौगोलिक फैलाव होना चाहिए, जिससे एक क्षेत्र की खराब बाजार परिस्थितियों के प्रभाव को कहीं और के उच्च विकास से कम किया जा सके।
- **विद्युत्**—सीमेंट उत्पादन में विद्युत् लागत एक महत्त्वपूर्ण लागत संघटक है, जो कुल खर्च का 25 से 30 प्रतिशत होता है।

जिन कंपनियों के आबद्ध पावर प्लांट हैं, वे अपनी विद्युत् लागत को कम करके अबाधित विद्युत् आपूर्ति प्राप्त कर सकते हैं।

- **भाड़ा**—सीमेंट भारी कमोडिटी है और इसकी ढुलाई एक महँगा कार्य है, जो कुल खर्च का 12 से 15 प्रतिशत होता है। जिन कंपनियों के प्लांट तटीय क्षेत्रों में हैं, उन्हें मुंबई, गुजरात और तमिलनाडु जैसे तटीय बाजारों की आवश्यकताओं को ध्यान में रखते हुए समुद्री मार्ग से सीमेंट की ढुलाई करना सस्ता पड़ता है।

सॉफ्टवेयर

सॉफ्टवेयर स्टॉक में निवेश से पहले निम्न मुख्य चीजों को देखना चाहिए—

- **प्रबंधन का आगामी विजन**—बिना अपने विजन से हटे खतरों/अवसरों को पहले ही भाँप लेने की प्रबंधन की क्षमता महत्त्वपूर्ण है। कंपनियों की वार्षिक रिपोर्ट और उनकी आधिकारिक वेबसाइट से प्रबंधन के आगामी विजन की झलक मिल जाती है।
- **कर्मचारी उत्पादकता**—उत्पादकता = प्रति कर्मचारी राजस्व को प्रति कर्मचारी लागत से भाग दें। निवेश संबंधी निर्णय लेने में और अधिक स्पष्टता के लिए इस अनुपात की तुलना ऐसे ही अन्य समूहों के साथ करें।
- **वित्तीय अनुपात**—पी/ई, इक्विटी पर रिटर्न, एसेट्स पर रिटर्न और कैपिटल पर रिटर्न तथा परिचालन मार्जिन का भी ध्यान रखना चाहिए।

टेलीकॉम

प्रमुख वित्तीय मानक—बीते तीन वर्षों के निम्नलिखित रेशियो को देखना महत्त्वपूर्ण होगा—

- प्रति उपयोगकर्ता औसत राजस्व
- ग्राहक वृद्धि
- प्रॉफिट बिफोर इंटरेस्ट एंड टैक्स/इंटरेस्ट (पी.बी.आई.टी.)
- अर्निंग्स पर शेयर (ई.पी.एस.)
- डेब्ट टू इक्विटी रेशियो
- रिटर्न ऑन इक्विटी (आर.ओ.ई.)
- रिटर्न ऑन कैपिटल एंप्लॉयड (आर.ओ.सी.ई.)
- मुक्त नकदी प्रवाह = [कर पश्चात् मुनाफा + मूल्य ह्रास-लाभांश व लाभांश कर-कैपेक्स-कार्यशील पूँजी प्रभार]

- एंटरप्राइस वैल्यू पर सबस्क्राइबर रेशियो उस भाव का सूचक है, जो उस कंपनी से प्राप्त किया जा सकता है।
- प्राइस टू कैश फ्लो (पी/सी.एफ.)
- पी/ई।

निर्माण

निर्माण क्षेत्र में निवेश से पूर्व देखने योग्य प्रमुख चीजें—

- विक्रय रेशियो के लिए ऑर्डर बुक।
- कार्यशील पूँजी के लिए विक्रय।
- डेब्ट टू इक्विटी।
- रिटर्न ऑन कैपिटल एंप्लॉयड।
- प्राइस टू अर्निंग्स (पी/ई) रेशियो।
- प्राइस टू सेल्स रेशियो (पी/एस) रेशियो।

फार्मास्यूटिकल्स

फार्मास्यूटिकल्स क्षेत्र में निवेश से पूर्व देखने योग्य प्रमुख चीजें—

- राजस्व प्रतिशत के रूप में अनुसंधान एवं विकास खर्च।
- घरेलू फार्मास्यूटिकल्स क्षेत्र पर सरकारी नीतियों का अत्यधिक प्रभाव पड़ता है।
- अच्छा प्रबंधन—'उचित व्यक्ति को उचित स्थान' पर नियुक्त करना किसी भी कंपनी के लिए सफलता की कुंजी है। वार्षिक रिपोर्ट में यह सब जानकारी मौजूद रहती है।
- पी/ई रेशियो।

धोखा

नीचे भारतीय शेयर बाजार के दो सबसे आम धोखों के बारे में बताया गया है।

पहला घोटाला—क्रय/विक्रय टिप्स धोखाधड़ी

यह भारतीय शेयर बाजारों का सबसे आम धोखा है। आमतौर पर धोखेबाज ट्रेडर्स और निवेशकों को ललचाने के लिए हर संभव विज्ञापन करते हैं। वे प्रतिमाह 40 से 50 प्रतिशत रिटर्न का वादा करते हैं और वह भी 90 प्रतिशत सटीकता दर के साथ। वे संदेहहीन लोगों को फाँसने के लिए पहले तीन दिन की अवधि तक मुफ्त टिप्स देते हैं। सबकुछ इस तरह किया जाता है कि परीक्षण अवधि के दौरान दिए गए सभी टिप्स 100 प्रतिशत खरे उतरें। संतोषप्रद परिणाम लोगों को उनके अत्यधिक कीमतवाले मासिक/त्रैमासिक/वार्षिक सबस्क्रिप्शन के ग्राहक बन जाते हैं। अफसोस की बात है कि सबस्क्राइब करने के बाद इनकी एक भी टिप्स काम नहीं करती।

आप हैरान होंगे कि ये धोखेबाज केवल परीक्षण अवधि के लिए 100 प्रतिशत सटीक टिप्स कैसे दे पाते हैं!

आमतौर पर ये धोखेबाज तीन दिन की परीक्षण अवधि देते हैं। ये उन तीनों दिन केवल एक स्टॉक के क्रय/विक्रय की अनुशंसा करते हैं।

ये टिप्स किसी एक व्यक्ति को नहीं भेजे जाते; बल्कि ये 1,000 या इससे भी अधिक लोगों को प्राप्त होते हैं। इनके पास डाटा बेचनेवाली एजेंसियों के माध्यम से बड़े पैमाने पर संपर्क (नाम, मोबाइल फोन नं., इ–मेल आई.डी.) एकत्रित हो जाते हैं। किसी भी शॉपिंग मॉल, थिएटर, लकी ड्रॉ या किसी भी तरह की प्रचार गतिविधि में अपनी निजी जानकारी देते समय बेहद सावधान रहें; क्योंकि आपकी निजी जानकारी डाटाबेस के रूप में इन धोखेबाजों को बेची जा सकती है।

अब हम देखते हैं कि परीक्षण अवधि के दौरान रोजाना क्या होता है!

पहला दिन—वे ग्रुप के दो भाग कर लेते हैं। मान लीजिए, ग्रुप 'क' में 500 लोग हैं और ग्रुप 'ब' में 500 लोग हैं। वे ग्रुप 'क' के लोगों से बाजार खुलने पर एक खास शेयर (आमतौर पर कोई जाना–माना अस्थिर शेयर) बेचने को कहते हैं और 'ब' ग्रुप के लोगों से बाजार खुलने पर उसी शेयर को खरीदने के लिए कहते हैं। जाहिर है, कुछ घंटों बाद या तो शेयर का भाव

ऊपर जाएगा या नीचे। इसके कुछ ही समय बाद वे लाभ/हानि बुक करने के लिए कहते हैं। इस तरह, पहले दिन में वे 500 लोगों को सफल टिप्स दे देते हैं। जिन बाकी 500 लोगों को नुकसान होता है, वे उन्हें अलग कर देते हैं।

दूसरा दिन—वे फिर से 500 सफल रहे लोगों को दो समूहों में बाँटते हैं। अब वे 250 लोगों को किसी खास अस्थिर शेयर को बेचने के लिए कहते हैं और शेष 250 लोगों को बाजार खुलने पर उसी स्टॉक को खरीदने के लिए कहते हैं। पुनः एक समूह को सही सलाह मिलती है और वे नुकसान उठानेवाले लोगों को अलग कर देते हैं।

तीसरा दिन—वे पुन: 250 सफल लोगों को दो समूहों में बाँटते हैं और किसी खास कंपनी के 'क्रय' के टिप्स 125 लोगों को और 'विक्रय' के टिप्स शेष 125 लोगों को देते हैं। अंत में 125 लोगों को लगातार तीन दिन सही टिप्स मिलता है और यह 125 लोग जाल में फँस जाते हैं, यह मानते हुए कि उन्हें की गई अनुशंसा 100 प्रतिशत सही साबित हुई है। उनमें से अधिकांश लोग मासिक/त्रैमासिक/वार्षिक अनुशंसा योजना के ग्राहक बन जाते हैं और इस धोखे का शिकार बन जाते हैं। मान लेते हैं कि वार्षिक सबस्क्रिप्शन योजना का शुल्क 20,000 रुपए है, अत: यदि इन 125 लोगों में से 50 भी सबस्क्राइब करते हैं तो धोखेबाजों को 10 लाख रुपए मिल जाएँगे।

एक बार जब वे सबस्क्राइब कर लेते हैं तो उसके बाद टिप्स उस तरह काम नहीं करते, जैसे पहले कर रहे थे और वे अपनी सबस्क्रिप्शन राशि खो बैठते हैं। इसके अतिरिक्त, वे आखिर में गलत टिप्स के आधार पर की गई ट्रेडिंग में भी नुकसान उठाते हैं।

2. धोखा—पेनी स्टॉक धोखाधड़ी

माइक्रो कैप/पेनी स्टॉक धोखाधड़ी में धोखेबाज ट्रेडर्स को झूठी सूचनाएँ देकर माइक्रो कैप स्टॉक का भाव बढ़ाने का प्रयास करते हैं। धोखेबाज लालची लोगों को ठगने के लिए निम्नलिखित कदम उठाते हैं—

- सबसे पहले बड़ी मात्रा में एक सस्ता माइक्रो कैप शेयर खरीदते हैं।

- इसके बाद वे यह झूठी खबर कई ट्रेडर्स तक पहुँचाते हुए उनसे उस खास शेयर को खरीदने की अनुशंसा करते हैं। उदाहरण के लिए कि वह माइक्रो कैप कोई अदालती केस जीत गया है और उसे क्षतिपूर्ति के रूप में बड़ी धनराशि मिलने वाली है या कोई बड़ी कंपनी उस पेनी स्टॉक को खरीदने वाली है; या यह माइक्रो कैप बोनस के रूप में 1:1 शेयर दे रहे हैं, या ब्लूचिप उस माइक्रो कैप स्टॉक के शेयर बड़ी मात्रा में खरीद रहे हैं।
- जो लोग लालची हैं और जो शीघ्रतापूर्वक धन कमाना चाहते हैं, वे इस माइक्रो कैप स्टॉक को खरीदना आरंभ कर देते हैं।
- माँग बढ़ने के साथ ही शेयर का भाव भी चढ़ने लगता है।
- एक बार जब शेयर उचित भाव पर पहुँच जाता है तो ये धोखेबाज अपने शेयर बेचकर अच्छे पैसे बनाते हैं।
- एक बार जब वे अपने शेयरों को उच्च भाव पर बेच देते हैं तो वे इससे संबंधित झूठी खबरें फैलाना बंद कर देते हैं। माँग घटने के साथ ही इन शेयरों के भाव गिरने लगते हैं और जिन लालची ट्रेडर्स के पास इस कंपनी के शेयर रखे होते हैं, उन्हें नुकसान होने लगता है।

धोखे का सारांश

1. फोन पर अनुशंसित शेयर न खरीदें।
2. 'अपना पैसा तुरंत दोगुना करें' जैसे विज्ञापनों पर सशंकित रहें।
3. क्रय/विक्रय विश्लेषण के लिए किसी सॉफ्टवेयर में निवेश न करें।
4. पेनी शेयर न खरीदें।

स्टॉक सलाहकार कैसे चुनें

सलाहकार दो प्रकार के होते हैं—

1. फीस-आधारित सलाहकार।
2. कमीशन-आधारित सलाहकार।

फीस-आधारित सलाहकार

फीस-आधारित सलाहकार निवेश सलाह के लिए तय फीस लेता है। यह ऐसे सबस्क्रिप्शन मॉडल की तरह काम करता है, जो निश्चित अवधि का हो; जैसे—एक माह/छह माह/बारह माह/जीवन भर। वह शॉर्ट टर्म ट्रेडिंग के लिए क्रय/विक्रय और बाकी सबसे अच्छे आई.पी.ओ. की सलाह देता है।

फीस-आधारित सलाहकार के लाभ

- निवेश अनुशंसा के दौरान निष्पक्ष होता है।
- अधिक पारदर्शी।
- संभावित टैक्स लाभ।

कमीशन-आधारित सलाहकार

कमीशन-आधारित सलाहकार प्रत्येक क्रय-विक्रय सलाह के लिए कमीशन लेता है। भले ही ग्राहक की कमाई हो या न हो, प्रत्येक सौदे के लिए सलाहकार को एक छोटा सा कमीशन चुकाना ही होता है। वे रोजाना बहुत से इंट्रा-डे टिप्स देते हैं और वे निवेशकों के स्थान पर ट्रेडर्स को प्राथमिकता देते हैं, क्योंकि ट्रेडर्स अकसर ट्रेड करते हैं और उन्हें नियमित रूप से कमीशन मिलता रहता है।

निष्कर्ष

कमीशन-आधारित सलाहकार से फीस-आधारित सलाहकार हमेशा बेहतर होता है, क्योंकि फीस-आधारित सलाहकार का एकमात्र उद्देश्य आपके निवेश से अच्छा रिटर्न उत्पन्न करना होता है; वहीं कमीशन-आधारित सलाहकार की मंशा आपको अधिक ट्रेड करवाकर अपना कमीशन सुनिश्चित करना होता है।

म्यूचुअल फंड क्यों नहीं?

सभी म्यूचुअल फंड हाउस फंड मैनेजमेंट, फंड मैनेजर के वेतन, वितरण

लागत आदि के लिए शुल्क लेते हैं। फंड के अनुसार यह शुल्क अधिक भी हो सकता है। जब आप अपने म्यूचुअल फंड से निकलते हैं तो संभव है कि आपसे बतौर एक्जिट लोड (एक्जिट लोड तभी लगता है, जब आप अपने निवेश को तय समयावधि के भीतर ही बेच दें) अतिरिक्त राशि वसूली जाए।

इसके अतिरिक्त, म्यूचुअल फंड्स में बड़ा मुनाफा कम ही होता है। डायवर्सिफिकेशन का आपके निवेश पर औसत प्रभाव पड़ता है। जहाँ डायवर्सिफिकेशन आपको बड़े नुकसान से बचाता है, वहीं यह आपको बड़ा मुनाफा कमाने से भी दूर रखता है।

नीचे दी गई तालिका उन सुविधाओं की विस्तृत तसवीर प्रस्तुत करेगी, जो एक निजी निवेशक बनाम फंड मैनेजर को हासिल होती है :—

निजी निवेशक	म्यूचुअल फंड मैनेजर
यह किसी भी स्मॉल कैप स्टॉक में निवेश कर सकता है।	यह स्मॉल कैप स्टॉक्स में निवेश नहीं कर सकता।
यह स्टॉक को जितना चाहे उतने वर्षों तक अपने पास रख सकता है।	यह स्टॉक को बहुत लंबे समय तक अपने पास नहीं रख सकता।
यह अपने कुल पोर्टफोलियो का 30 प्रतिशत या इससे भी अधिक एक ही गुणवत्तापूर्ण स्टॉक में निवेश कर सकता है। उस पर किसी का हुक्म नहीं चलता।	म्यूचुअल फंड्स में आमतौर पर बड़ी मात्रा में धनराशि को एक ही गुणवत्तापूर्ण शेयर में निवेश करने को लेकर प्रतिबंध होते हैं।

निष्कर्ष

म्यूचुअल फंड्स से इनकार कर दें, यदि—

- आपके पास क्वालिटी स्टॉक्स के अनुसंधान हेतु पर्याप्त समय हो।
- आपके पास अपना विश्वसनीय फीस-आधारित इक्विटी सलाहकार हो।

बात निवेश की हो तो किनके शेयरों से बचें

- अधिक ऋणवाली कंपनियाँ, जिनका डेब्ट टू इक्विटी रेशियो 1 से अधिक हो।
- कंपनियाँ, जिनकी प्रमोटर होल्डिंग कम हो।
- माइक्रो कैप्स।
- अधिक प्रमोटर शेयर गिरवी हों। यदि 30 प्रतिशत से अधिक प्रमोटर होल्डिंग गिरवी हों तो इससे बचें।
- स्टॉक्स अपने नवीनतम न्यून को छू गए हों।
- जो कंपनियाँ महँगे अधिग्रहण को प्रेरित करें।

बाजार में गिरावट के दौरान क्या करें ?

- बाजार में गिरावट के दौरान उन शेयरों पर ध्यान दें, जो न गिरे हों।
- जब हर कोई घबराहट में बेच रहा हो तो क्वालिटी स्टॉक्स को उचित भाव पर खरीद लें।
- अपने पोर्टफोलियो में अनर्जकों को खोजें और इस अवसर का उपयोग उन्हें उच्च गुणवत्तावाले शेयरों से बदलने में करें।
- कभी भी बीते प्रदर्शन का पीछा न करें या इस पर दाँव न लगाएँ; जैसे—सत्यम कंप्यूटर्स, सूजलॉन।
- नकद की आवश्यकता पड़ने पर आपको जो काम सबसे पहले करना चाहिए, वह है अनर्जन शेयरों को अपने पोर्टफोलियो से निकालना। लेकिन लोग आमतौर पर इसका उलटा करते हैं। वे सभी अच्छे शेयरों को मामूली मुनाफे पर बेच देते हैं। वे जिन अच्छे शेयरों को बेच देते हैं, वे चढ़ जाते हैं और जो बुरे शेयर उनके पास होते हैं, वे और नीचे गिरने लगते हैं।

निवेशकों द्वारा आमतौर पर की जानेवाली गलतियाँ

1. बुरे/विफल शेयरों को लंबे समय तक अपने पास ही इस आशा में

रखे रहना कि वे चढ़कर पुनः खरीद भाव तक पहुँच जाएँगे।

2. उच्च गुणवत्तावाले शेयरों को बहुत जल्दी बेच देना।
3. यदि कोई स्टॉक बावन हफ्तों तक नीचे रहे तो उस शेयर को आँख बंद करके न खरीदें। उसे खरीदने से पहले अपना अनुसंधान करें। यदि ये मजबूत कारोबार न कर रहा हो तो पूरी संभावना है कि वह शेयर रोजाना नए बावन-हफ्ते के न्यूनतम को छू जाए, जैसे किंगफिशर एयरलाइन।
4. ऐसे शेयर को खरीदने में जरा भी न झिझकें, जो बावन हफ्तों का शीर्ष छू रहा हो। इस शेयर के और बढ़ने की संभावना होगी, जैसे—एम.आर.एफ. टायर।

शेयर में निवेश से पहले स्वयं से निम्न सवाल पूछें—

- कंपनी का बाजार पूँजीकरण कितना है ?
- एनुअल पर टैक्स प्रॉफिट कितना है ?
- क्या मुनाफा वर्ष-दर-वर्ष बढ़ रहा है ?
- क्या डेब्ट इक्विटी रेशियो <1 है ?
- क्या वार्षिक लाभ से ऋण तीन गुना कम है ?
- कंपनी चक्रीय है या गैर-चक्रीय ?
- क्या वर्ष-दर-वर्ष आर.ओ.सी.ई. सुधर रही है ?
- क्या वर्ष-दर-वर्ष आर.ओ.एन.डब्ल्यू. सुधर रही है ?
- क्या यह तरल है ?
- क्या यह सेक्टर अच्छा प्रदर्शन कर रहा है ?
- क्या उत्पाद/सेवा की माँग बढ़ने की उम्मीद है ?

उपर्युक्त सभी विवरण नीचे दिए लिंक से प्राप्त किए जा सकते हैं—
www.moneycontrol.com

किसी कंपनी में निवेश करने से पहले ध्यान रखने योग्य पहलू—

1. जितना संभव हो, गैर-चक्रीय कंपनी को चुनें।
2. यदि आपको कंपनी का कारोबार समझ न आए तो उसमें निवेश न करें।

3. कंपनी के बाजार पूँजीकरण पर नजर डालें। ऐसी कंपनी में निवेश न करें, जिसका बाजार पूँजीकरण 500 करोड़ रुपए से कम हो।
4. बीते तीन वर्षों के लाभ/हानि स्टेटमेंट का अध्ययन करें। केवल तभी निवेश करें, यदि बाजार पूँजीकरण टैक्स पूर्व वार्षिक मुनाफे से बीस गुना कम रेंज में हो।
5. केवल तभी निवेश करें, यदि डेब्ट टू इक्विटी रेशियो 1 से कम हो।
6. सेक्टर पी.ई. की स्टॉक पी.ई. से तुलना करें।
7. बीते तीन वर्षों के लाभांश व बोनस की जाँच करें।
8. आर.ओ.सी.ई. (रिटर्न ऑन कैपिटल एंप्लॉयड) और आर.ओ.एन. डब्ल्यू. (रिटर्न ऑन नेट वर्थ) प्रतिवर्ष 12 प्रतिशत से अधिक होना आवश्यक है।
9. वर्ष-दर-वर्ष राजस्व विकास कम-से-कम 19 प्रतिशत होना चाहिए।

गलत धारणाएँ

निम्नलिखित गलत धारणाओं के शिकार न बनें—

- कम भाववाले शेयर सस्ते और अधिक भाववाले शेयर महँगे होते हैं।
- कम पी.ई. स्टॉक में निवेश करने को 'वैल्यू इन्वेस्टिंग' कहते हैं।
- बावन हफ्ते तक शीर्ष पर रहे शेयर सुरक्षित नहीं होते।
- बावन हफ्ते तक नीचे रहनेवाले शेयर चढ़ सकते हैं।
- पिछले तेज बाजार के शेयर निवेश के लिए अच्छे हैं।
- जो शेयर गिरते तेजी से हैं, उठते भी उतनी ही तेजी से हैं।

क्या करें और क्या न करें?

1. बाजार से जुड़ी खबरें जानने और अपने पोर्टफोलियो के प्रबंधन के तरीके खोजने के लिए दिन में लगभग आधा घंटा निश्चित करें।
2. बाजार और कंपनी से जुड़ी खबरों के लिए कम-से-कम दो

वेबसाइटों एवं पत्रिकाओं का अनुपालन करें।

3. अपनी प्रतिमाह के बचत में से 50 प्रतिशत शेयर बाजार के लिए निकालें। उदाहरण के लिए, यदि आप प्रतिमाह 1,00,000 रुपए कमाते हैं और आपकी बचत 40,000 रुपए है, तो इसमें से 20,000 रुपए शेयर बाजार के लिए निकालें।
4. अपने इक्विटी पोर्टफोलियो का क्रमिक निर्माण करें।

क्या न करें—

1. फोन पर ट्रेडिंग से बचें। ऑनलाइन ऑर्डर देना सीखें। अपने ब्रोकर से आपको डेमो देने को कहने को प्राथमिकता दें।
2. अपने शेयर ब्रोकर या किसी विश्लेषक की दी गई टिप्स का अंधानुकरण न करें। क्रय/विक्रय के पूर्व भलीभाँति शोध करें।
3. कर्ज की पूँजी का उपयोग निवेश में न करें।

अंतिम बात

प्रिय निवेशको, यदि आप अपने निवेशों से अधिकतम मुनाफा कमाना चाहते हैं तो निम्नलिखित बातें याद रखें—

- आपने जिस शेयर में निवेश किया है, उसकी दैनिक भाव गतिविधि पर नजर टिकाए रखने की जगह कंपनी की विशिष्ट घोषणाओं और खबरों पर ध्यान दें।
- किसी भी टिप्स, खबर या विश्लेषण का आँख बंद करके अनुसरण न करें। इस अध्याय में हमने जितने भी मानक बताए हैं, उनकी विस्तारपूर्वक जाँच करें, इससे पहले कि कोई भी निवेश निर्णय लें।
- मार्केट करेक्शन या बाजार गिरने की चिंता न करें, ये अस्थायी होते हैं। इसकी जगह इस अवसर का उपयोग क्वालिटी स्टॉक्स खरीदने में करें।
- घबराहट में विक्रय न करें।

□

3

स्मार्ट ट्रेडर्स के लिए सीक्रेट्स

ट्रेडर्स दो प्रकार के होते हैं—

- इंट्रा-डे ट्रेडर्स।
- शॉर्ट टर्म ट्रेडर्स/स्मार्ट ट्रेडर्स।

इंट्रा-डे ट्रेडर्स

एक इंट्रा-डे ट्रेडर किसी प्रतिभूति को उसी कारोबारी दिवस में खरीदता व बेचता है। इंट्रा-डे ट्रेडर्स के पास अकसर काफी कम पूँजी होती है या वे कर्ज लेकर ट्रेड करते हैं। वे पूरे कारोबारी घंटों के दौरान ट्रेड करते हैं और जितना संभव हो, उतने अधिक सौदों में प्रवेश व निकास का प्रयास करते हैं।

चूँकि इंट्रा-डे के लिए लिया जानेवाला प्रभार बहुत कम होता है, इंट्रा-डे ट्रेडर्स कम लाभ पर भी खरीद और बेच लेते हैं। शेयर ब्रोकर इन्हें पसंद करते हैं, क्योंकि ये अधिक-से-अधिक जितना संभव हो, पूरा दिन ट्रेडिंग में बिताते हैं और शेयर ब्रोकर को धनवान् बनाते हैं।

अधिकांश इंट्रा-डे ट्रेडर्स अपने प्रवेश और निकास-बिंदुओं के निर्धारण हेतु कम समयावधि वाले चार्टों का उपयोग करते हैं। [1 एम, 5 एम, 15 एम (एम-मिनट)]। ये समयावधिक चार्ट शुद्ध नहीं होते और इन पर आँख बंद करके विश्वास नहीं करना चाहिए।

इंट्रा-डे ट्रेडर्स में 'स्टॉप लॉस' शब्द लोकप्रिय क्यों है?

इंट्रा-डे ट्रेडर्स आमतौर पर 'स्टॉप लॉस' के साथ ट्रेड करते हैं। इसका वास्तविक उद्देश्य नुकसान को एक निश्चित सीमा तक प्रतिबंधित करना है।

वास्तव में इंट्रा-डे ट्रेडर्स अनजाने में नुकसान करवाने के लिए स्टॉप लॉस लगा देते हैं। निम्नलिखित उदाहरण इस बात को विस्तार सहित समझा सकेगा।

उदाहरण

एक इंट्रा-डे ट्रेडर 100 रुपए के शेयर खरीदता है और 98 पर स्टॉप लॉस लगाता है। उसने इस स्टॉक के 103 रुपए का भाव छूते ही उसी दिन बेचने की योजना बनाई है; लेकिन ऐसा कोई तरीका नहीं है, जिससे वह इतने उतार-चढ़ाववाले बाजार में छोटे समय अंतराल में भावों की दिशा की सटीक गतिविधि के बारे में पहले ही से बता सके। ऐसी परिस्थिति में उसके पास कोई सुरक्षा नहीं है, जहाँ शेयर का भाव पहले नीचे गिरकर 98 रुपए पर आए और फिर एकदम चढ़कर 103 रुपए पर पहुँच जाए। इस मामले में स्टॉप लॉस पहले निष्पादित हो जाएगा। ये शेयर 98 रुपए पर बिक जाएँगे और इंट्रा-डे ट्रेडर इसे 103 रुपए पर बेचने का अवसर चूक जाएगा और अंत में उसे नुकसान होता है।

माफ कीजिएगा, लेकिन शेयर बाजार में पैसा खोने का अचूक तरीका इंट्रा-डे ट्रेडिंग करना है।

यदि आप इंट्रा-डे ट्रेडर हैं तो अपने आपसे ये प्रश्न पूछिए—

- वित्त वर्ष के समाप्त होने पर आपको इंट्रा-डे ट्रेड करने पर शुद्ध लाभ हुआ है या हानि?
- क्या इंट्रा-डे के लिए कंप्यूटर के सामने बैठकर बिताया गया समय उस पैसे की तुलना में उचित है, जो आपने इससे कमाया है?
- दैनिक ट्रेड में कौन अधिक कमाता है, आप या आपका स्टॉक ब्रोकर?
- क्या इंट्रा-डे ट्रेडिंग करते हुए आपका मन शांत रह पाता है?

अपने प्रति सच्चे रहें और इनमें से प्रत्येक प्रश्न के सामने इसका उत्तर लिखें। इस अभ्यास से आपके सामने यह तसवीर स्पष्ट हो जाएगी कि इतने दिन शेयर बाजार में आप किस तरह ट्रेड करते रहे हैं।

प्यारे पाठको, स्वीकार्यता आत्म-विकास का पहला कदम है। बहुत से लोगों के साथ समस्या यह है कि यह जानते हुए भी कि वे क्या गलत कर रहे हैं, वे इसे स्वीकार नहीं करना चाहते, जो उनके विकास को बाधित करता है।

लोग इंट्रा-डे ट्रेडिंग का शिकार कैसे बनते हैं?

- बहुत से स्टॉक ब्रोकर इंट्रा-डे के लिए ऐसे मुफ्त टिप्स देते हैं, जो ग्राहक को बेचने या खरीदने का प्रलोभन दें। आपको चाहे मुनाफा हो या न हो, ब्रोकर को आपके बाय या सेल ऑर्डर पर अपना कमीशन मिल जाएगा।
- जिनके पास कम पूँजी होती है, वे इंट्रा-डे करते हैं; क्योंकि उनके पास इतना पैसा नहीं होता कि वे डिलीवरी ले सकें।
- स्टॉक ब्रोकर ग्राहकों को आकर्षित करने के लिए उनकी उपयोग मात्रा के आधार पर विभिन्न ब्रोकरेज स्लैब बनाते हैं। आसान भाषा में कहें तो जब आप बड़ी मात्रा में व्यापार करते हैं तो ब्रोकरेज प्रतिशत उतना ही कम होता जाता है। बहुत से ट्रेडर्स को यह एहसास भी नहीं होता कि बहुत सारे सौदे करने से केवल ब्रोकरेज ही कम होती है और आपकी कमाई के अवसर कभी नहीं बढ़ते।
- जिनके पास काफी समय होता है, उनकी इंट्रा-डे ट्रेडिंग में रुचि रहती है। वे बस, समय काटने के लिए सारा दिन बाजार पर नजर बनाए रखते हैं और अंत में अपनी पूँजी खो बैठते हैं।

क्या न करें—

- रोजाना ट्रेड न करें। सही अवसर की प्रतीक्षा करें।
- किसी भी विश्लेषक की टिप्स का आँख मूँदकर पालन न करें।

- कम समयावधि पर क्रय/विक्रय के संकेत देने का चार्ट बनानेवाले सॉफ्टवेयर के आधार पर इंट्रा-डे ट्रेडिंग न करें।
- अपनी मेहनत से कमाए पैसों को इंट्रा-डे टिप्स के ग्राहक बन बरबाद न करें।

याद रखिए, आपके इंट्रा-डे ट्रेडिंग करने से केवल आपका स्टॉक ब्रोकर ही धनवान् होता है।

शेयर बाजार में अधिक पैसा बनाने का केवल यही तरीका है कि कम काम करें। अधिकांश इंट्रा-डे ट्रेडर्स जुआरी जैसी मानसिकता के होते हैं और वे शीघ्रातिशीघ्र पैसा कमाना चाहते हैं। याद रखिए, जो तेजी से आता है, वह उतनी ही तेजी से चला भी जाता है। धनवान् बनने का कोई शॉर्टकट नहीं होता।

"कमाना शुरू करना है तो इंट्रा-डे बंद करें।"

इंट्रा-डे ट्रेडर्स द्वारा की जानेवाली आम गलतियाँ

- इक्विटी में शॉर्ट सेलिंग जबरन इंट्रा-डे ट्रेडिंग के जैसा है। यदि आप अपनी पोजीशन को खरीदते या कवर नहीं करते तो ब्रोकर बाजार का परिचालन समय समाप्त होने पर स्वत: ही इसे बंद कर देगा।
- आजकल, इंट्रा-डे ट्रेडर्स ने ट्रेडिंग की स्वत: प्रणालियों में निवेश करना आरंभ कर दिया है। वे बस, प्रोग्राम को शुरू करते हैं और बाकी सब काम कंप्यूटर खुद कर लेता है; लेकिन यह स्वचालित क्रिया बड़े नुकसान की ओर बढ़ने पर शायद ही काम करती है और यदि भाग्यशाली हुए तो थोड़ा-बहुत मुनाफा भी हो जाएगा।

इसके बावजूद, यदि आपकी अभी भी इंट्रा-डे ट्रेडिंग में दिलचस्पी है तो निम्नलिखित मानकों के आधार पर स्टॉक चुनें—

- अधिक तरलता व मध्यम परिवर्तनशीलतावाले शेयरों को खोजें।
- चढ़ते बाजार में मजबूत शेयरों का सौदा करें (लॉन्ग बाय तथा सेल) तथा गिरते बाजार में कमजोर शेयर खरीदें (शॉर्ट सेल तथा बाय)।

- जब बाजार साइडवेज या सीमा-बाधित हो (तुलनात्मक रूप से सीमित भाव रेंज गति कर रहा हो), तब ट्रेड न करें।
- यदि किसी सेक्टर या स्टॉक विशेष के संबंध में कोई खबर गरम हो तो उस दिन ट्रेड के लिए सेक्टर या स्टॉक को चुनें।

निष्कर्ष

इंट्रा-डे ट्रेडिंग में अगर कोई अच्छी बात है तो वह यह है कि इसमें रोजाना एक नई शुरुआत होती है और अगर पिछले दिन आप फायदे में थे तो रात भर में ऐसा कुछ नहीं हुआ होगा, जो इसे बिगाड़ सके।

इंट्रा-डे ट्रेडर्स जोखिम में शीर्ष पर होते हैं, क्योंकि इंट्रा-डे ट्रेडिंग जुए के जैसी है। मैं अपने पाठकों से गुजारिश करूँगा कि वे कभी भी कर्ज लेकर इंट्रा-डे ट्रेडिंग न करें।

शॉर्ट टर्म ट्रेडर्स

शॉर्ट-टर्म ट्रेडर को किसी प्रतिभूति में पोजीशन को ओपन और क्लोज अधिक-से-अधिक बारह माह की अवधि में करना होता है। इन्हें सौदे में प्रवेश करने के लिए काफी धैर्यवान् और निकास के लिए काफी आक्रामक माना जाता है। शॉर्ट-टर्म ट्रेडर्स केवल उसी समय ट्रेड करते हैं, जब कोई अवसर मौजूद हो।

वे इन आधारों पर ट्रेडिंग करते हैं—

1. चार्ट-आधारित ट्रेडिंग।
2. खबर-आधारित ट्रेडिंग।

चार्ट-आधारित ट्रेडिंग

चार्ट-आधारित ट्रेडर्स केवल उच्चतर समयावधि चार्टों पर भी भरोसा करते हैं, न कि कंपनी से संबंधित खबरों पर। चार्टों को प्रवेश और निकास-बिंदुओं को तय करने में उपयोग किया जाता है।

चार्टों का निम्न समयावधियों में आकलन किया जाता है—

मासिक चार्ट—प्रत्येक कैंडलस्टिक एक महीने का प्रतिनिधित्व करती है। आमतौर पर मासिक चार्टों का उपयोग केवल लॉन्ग-टर्म निवेशकों द्वारा ही किया जाता है, बाकी लोगों द्वारा नहीं। व्यवहारतः इन चार्टों को अकसर दो साल की समयावधि में अधिकतम के आकलन में उपयोग किया जाता है।

साप्ताहिक चार्ट—प्रत्येक कैंडलस्टिक एक हफ्ते का प्रतिनिधित्व करती है। जिन ट्रेडर्स और निवेशकों की समयावधि लंबी होती है, वे साप्ताहिक चार्ट का उपयोग करते हैं। व्यवहारतः साप्ताहिक चार्टों को आमतौर पर छह माह से अधिक की अवधि में अधिकतम के आकलन में उपयोग किया जाता है।

दैनिक चार्ट—प्रत्येक कैंडलस्टिक एक दिन का प्रतिनिधित्व करती है, संभवतः ट्रेडर्स और निवेशकों द्वारा उपयोग होनेवाला सबसे आम चार्ट। व्यवहारतः दैनिक चार्टों को आमतौर पर छह सप्ताह की अवधि में अधिकतम के आकलन में उपयोग किया जाता है।

घंटेवार चार्ट—प्रत्येक कैंडलस्टिक एक घंटे का प्रतिनिधित्व करती है। घंटेवार चार्ट को आमतौर पर रुझान या शॉर्ट-टर्म जैसे ट्रेड्स में उपयोग किया जाता है, जो कुछ घंटों से लेकर कुछ दिनों तक हो सकते हैं।

मिनट्स चार्ट—प्रत्येक कैंडलस्टिक एक मिनट का प्रतिनिधित्व करती है। मिनट्स चार्ट को आमतौर पर दैनिक ट्रेड में, विशेष रूप से प्रवेश व निकास-बिंदुओं संबंधी निर्णय लेने में, उपयोग किया जाता है।

खबर-आधारित ट्रेडिंग

खबर-आधारित ट्रेडिंग खबरों में प्रबंधन के बदलाव, विलय की अफवाहें और कॉरपोरेट गतिविधियों (जैसे बायबैक और ब्याज दरों में बदलाव) को खोजती है। वे मानते हैं कि यही वे घटनाएँ हैं, जो कंपनी के शेयरों के भाव चढ़ाती या गिराती हैं। एक खबर-आधारित ट्रेडर के लिए यह काफी महत्त्वपूर्ण होती हैं। आर्थिक खबरों से बाजार में मजबूत लघु-आवधिक गतिविधियों की लहर आ जाती है, जो ट्रेडिंग के अवसर उत्पन्न करती है।

डेरिवेटिव्स

जब आप शेयर खरीदते हैं तो कंपनी के कुछ हिस्से के स्वामी हो जाते हैं और यदि घोषणा हो तो बोनस और लाभांश के पात्र हो जाते हैं। डेरिवेटिव्स के मामले में, हालाँकि इसमें ये सभी लाभ नहीं मिलते, आपको डेरिवेटिव्स में ट्रेड करने के लिए डीमैट खाते की भी आवश्यकता नहीं होती; क्योंकि सभी डेरिवेटिव्स सौदे नकद में किए जाते हैं। एक्सचेंज के साथ कांट्रैक्ट पोजीशन तब तक रहती है, जब तक उनकी अवधि समाप्त न हो जाए। डेरिवेटिव्स में ट्रेड करने के लिए आपको केवल ट्रेडिंग और बचत खाता चाहिए होता है।

भारतीय शेयर बाजारों में दो तरह के डेरिवेटिव्स मौजूद हैं—

1. फ्यूचर्स।
2. ऑप्शन।

फ्यूचर्स

फ्यूचर्स कम नकद में अधिक ट्रेड करने का अवसर प्रदान करता है। ट्रेडर को इंडेक्स/स्टॉक फ्यूचर्स के क्रय/विक्रय के लिए सिर्फ मार्जिन राशि का भुगतान करना होता है। यदि अनुबंध के दौरान भाव ट्रेडर के हक में गति करते हैं तो ट्रेडर को लाभ होता है, अन्यथा उसे नुकसान सहना होता है।

स्टॉक एक्सचेंज में सूचीबद्ध सभी कंपनियाँ फ्यूचर्स में अनुबंध प्रस्तावित नहीं करतीं; जिन कंपनियों के शेयरों में तरलता और वॉल्यूम बहुत अधिक होता है, वही फ्यूचर्स ट्रेडिंग की पात्रता रखते हैं।

6 लाख रुपए के फ्यूचर्स कांट्रैक्ट (अनुबंध) के लिए व्यक्ति ब्रोकर को केवल 10 से 15 प्रतिशत मार्जिन राशि का भुगतान करता है, जो 60,000 रुपए से 90,000 रुपए के बीच होती है। मार्जिन प्रतिशत हर स्टॉक के लिए भिन्न होता है, जिसका आधार उससे जुड़ा जोखिम है; जो पुनः आम बाजार परिस्थितियों में संबंधित शेयर की तरलता और परिवर्तनशीलता पर निर्भर करता है। सामान्यतः इंडेक्स फ्यूचर्स में स्टॉक्स फ्यूचर्स के मुकाबले मार्जिन कम होता है, क्योंकि वे तुलनात्मक रूप से कम परिवर्तनशील प्रकृति के होते हैं।

स्टॉक्स के विपरीत, डेरिवेटिव्स की समाप्ति तिथि होती है—प्रत्येक

माह का अंतिम गुरुवार। यदि उस दिन छुट्टी हो तो उससे एक दिन पहले के कारोबारी दिवस को अनुबंध समाप्त हो जाता है।

मार्जिन राशि की गणना रोजाना शेयर के बंद भाव के आधार पर होती है। सेटलमेंट अनुबंध के समाप्त होने तक दैनिक आधार (एम.टी.एम.—मार्क टू मार्केट) पर होती है। लाभ और हानि की गणना (तथा ट्रेडर के खाते में जमा/निकासी) रोजाना दिन के अंत तक हो जाती है। इसका अर्थ हुआ कि लाभ और हानि की गणना का आधार पिछले दिन और आज के दिन के बीच सेटलमेंट भाव के अंतर के आधार पर होता है। यदि ट्रेडर के पास पर्याप्त मार्जिन राशि न हो तो ब्रोकर अपना एफ एंड ओ कांट्रैक्ट बेचकर उस राशि को वसूल कर सकता है।

मान लीजिए, आप निफ्टी फ्यूचर्स का एक लॉट (50 शेयर) खरीद रहे हैं।

यदि पिछला बंद भाव था = 9,900 रुपए

और आज का बंद भाव है = 9,960 रुपए

तो शुद्ध मुनाफा हुआ = (9,960−9,900) × 50 = 3,000 रुपए

एम.टी.एम. की यही प्रक्रिया दोहराई जाती है और रोज के लाभ/हानि की गणना होती है। यह तब तक होती है, जब तक पोजीशन बंद या समाप्त नहीं हो जाती। हालाँकि लाभ/हानि को ट्रेडर के खाते में दैनिक आधार पर जमा/घटा किया जाता है, ब्रोकरेज/फीस/टैक्स प्रभारों को केवल फ्यूचर्स कांट्रैक्ट को बेचते या खरीदते समय ही लिया जाता है।

फ्यूचर्स ट्रेडिंग के लाभ

1. किसी अन्य प्रकार के निवेश से तुलना की जाए तो फ्यूचर्स ट्रेडिंग के प्रभाव तुलनात्मक रूप से कम हैं।
2. फ्यूचर्स कांट्रैक्ट अत्यधिक लीवरेज्ड वित्तीय साधन है, जो सीमित मात्रा के धन निवेश के उपयोग से भारी मुनाफा कमाने की अनुमति देता है।

फ्यूचर्स के नुकसान

1. लीवरेज फ्यूचर्स कांट्रैक्ट में ट्रेडिंग को अत्यधिक जोखिमपूर्ण बना देती है।
2. इसमें केवल आंशिक हेज प्रस्तावित होता है।

स्टॉक फ्यूचर्स में ट्रेडिंग करते हुए याद रखनेवाली चीजें—

1. मंदे बाजार में ट्रेड के लिए किसी बुरे सेक्टर के बुरे स्टॉक को चुनना तेज बाजार में किसी अच्छे स्टॉक को पहचानने से आसान होता है। इसके अतिरिक्त, इसमें गिरावट चढ़ाव से कहीं अधिक गहरी और शीघ्र होती है। बुद्धिमानी यही है कि बाजार गिरने या किसी खास सेक्टर से संबंधित बुरी खबर की प्रतीक्षा की जाए और उस अवसर का उपयोग एक खराब प्रदर्शन कर रहे स्टॉक को शॉर्ट (बेचना या खरीदना) करने में किया जाए।
2. लालच न करें और न ही जुआरी की मानसिकता से ट्रेड करें।
3. एक बार में केवल एक ही लॉट में ट्रेड करें, फिर भले ही आपके पास तीन लॉट लायक धन क्यों न हो; क्योंकि आपको एम.टी.एम. (मार्क टू मार्केट) और एवरेजिंग के लिए भी धन चाहिए होगा।
4. एक ट्रेड में अपनी पूँजी को 2 प्रतिशत से अधिक न लगाएँ, यह अनुशासन उत्पन्न करें।

पोजीशन ट्रेडिंग तकनीक

चार्ट-आधारित ट्रेडिंग में बहुत सी तकनीक होती हैं, लेकिन मैं स्टॉक मैक्सिमाइजर तकनीक को प्राथमिकता देता हूँ। इसके स्थान पर कि सारी तकनीक सीखी जाएँ, बस, एक तकनीक में महारत हासिल कर लें और उसी का बुद्धिमानी से उपयोग करें।

यह तकनीक इंट्रा-डे ट्रेडिंग के लिए नहीं, बल्कि केवल पोजीशन ट्रेडिंग के लिए उपयोगी है।

एक या दो शेयरों की भाव गति की निकट से निगरानी करें और चार्टों (स्टॉक मैक्सिमाइजर तकनीक) के उपयोग द्वारा यह फैसला करें कि कब प्रवेश करना है और कब निकलना है।

गहराई में जाने से पहले व्यक्ति को स्टॉक मैक्सिमाइजर तकनीक को समझने के लिए इन शब्दों को जानना आवश्यक है।

कैंडलस्टिक

कैंडलस्टिक किसी भी प्रतिभूति के किसी निश्चित समयावधि के भीतर उच्च, निम्न, खुलने और बंद होने के भाव को दरशाती है।

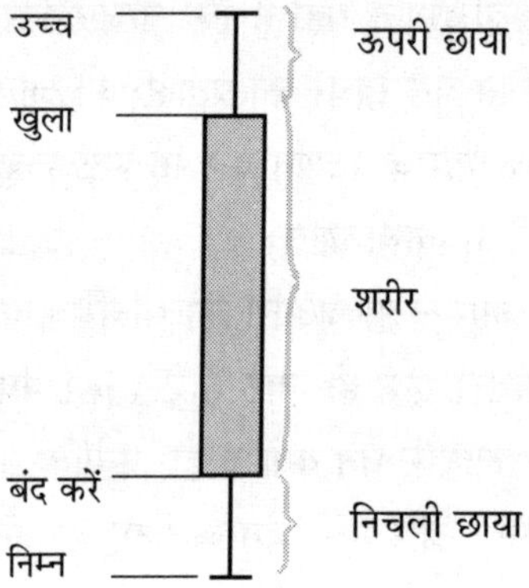

मूविंग एवरेज

मूविंग एवरेज (एम.ए.) एक संकेतक है कि रुख जारी रहेगा या धीमा पड़ जाएगा; क्योंकि यह पिछले भावों पर आधारित होता है और यह क्रम-रहित भाव उतार-चढ़ाव में से 'नॉयस' को छाँट देता है। एम.ए. की गणना प्रतिभूति के बंद भाव को समयावधि संख्या में जोड़कर फिर इस कुल संख्या को समयावधि संख्या से भाग कर दिया जाता है।

आमतौर पर ट्रेडर्स इक्कीस दिनों या पचास दिनों के मूविंग एवरेज को प्राथमिकता देते हैं।

पैराबोलिक एस.ए.आर.

पैराबोलिक एस.ए.आर. का उपयोग ट्रेडर्स भाव की गति की दिशा और उस बिंदु को जानने में करते हैं, जिस पर यह दिशा बदल लेता है। इसे 'स्टॉप एंड रिवर्सल प्रणाली' के नाम से भी जाना जाता है।

इसे एक चार्ट में कैंडल के ऊपर या नीचे बिंदुओं की शृंखला के रूप में दिखाया जाता है।

ए.डी.एक्स.

एवरेज डायरेक्शनल इंडेक्स (ए.डी.एक्स.) एक सूचकांक है, जिसका उपयोग रुख की ताकत का परिमाण निर्धारित करने में किया जाता है। याद रखिए, ए.डी.एक्स. गैर-दिशापरक होता है और सिर्फ रुख की ताकत को दरशाता है। ए.डी.एक्स. को एकल रेखा के रूप में दिखाया जाता है, जिसके मूल्य न्यूनतम शून्य से आरंभ होकर अधिकतम 100 तक होते हैं। आमतौर पर ट्रेडर्स ए.डी.एक्स. रीडिंग के सोलह से अधिक होने को मजबूत रुख की पुष्टि के तौर पर उपयोग करते हैं। इसके विपरीत, जब ए.डी.एक्स. सोलह से नीचे होता है, तब ट्रेडिंग नहीं की जाती।

एम.ए.सी.डी.

मूविंग एवरेज कन्वर्जेंस/डायवर्जेंस (एम.ए.सी.डी.) शेयर के भाव में रुख की अवधि को दरशाता है।

हम इसके अधिक विवरण में नहीं जाएँगे, क्योंकि इसका बुनियादी सबक ही काफी है। चार्ट नेक्सस जैसे सॉफ्टवेयर द्वारा हम आवश्यक सूचकांकों को आसानी से चुन सकते हैं।

स्टॉक मैक्सिमाइजर तकनीक

सबसे पहले उस स्टॉक को चुनें, जिसमें आप ट्रेड करना चाहते हैं। ऊपर वर्णित चार सूचकांकों को दैनिक चार्ट और साप्ताहिक चार्ट में जोड़ दें; क्रय

या विक्रय में नीचे उल्लिखित कदमों का पालन करें।

सबसे पहले, दैनिक चार्ट देखें और उसके बाद साप्ताहिक चार्ट देखें। यदि दोनों ही चार्ट किसी एक जैसी सलाह देते हों तो ट्रेड करें, अन्यथा किसी और शेयर को चुनें या बेहतर ट्रेडिंग के अवसर की प्रतीक्षा करें।

केस 1—लॉन्ग/अपट्रेंड के लिए

क्रय हेतु—

1. शेयर अपट्रेंड में है और इक्कीस दिनों या पचास दिनों के मूविंग एवरेज (एम.ए.) से ऊपर है।
2. एम.ए. अपट्रेंड में है।
3. पैराबोलिक एस.ए.आर. भाव से नीचे है।
4. अधिमानतः एम.ए.सी.डी. क्रॉसओवर न्यूनतम पर हो।
5. अधिमानतः ए.डी.एक्स.>16 हो।

विक्रय/निकास हेतु—

1. जब पैराबोलिक एस.ए.आर. भाव से ऊपर हो।
2. एम.ए.सी.डी. क्रॉसओवर शीर्ष पर हो—इनमें से जो भी पहले हो जाए।

केस 2—शॉर्ट/डाउन ट्रेंड के लिए

विक्रय हेतु—

1. स्टॉक डाउन ट्रेंड में हो और इक्कीस दिनों या पचास दिनों के मूविंग एवरेज (एम.ए.) से नीचे चला जाए।
2. एम.ए. डाउन ट्रेंड में हो।
3. पैराबोलिक एस.ए.आर. भाव से ऊपर हो।
4. अधिमानतः एम.ए.सी.डी. क्रॉसओवर शीर्ष पर हो।
5. अधिमानतः ए.डी.एक्स.>16 हो।

क्रय/निकास हेतु—

1. जब पैराबोलिक एस.ए.आर. भाव से नीचे हो।
2. एम.ए.सी.डी. क्रॉसओवर न्यूनतम पर हो—इनमें से जो भी पहले आए।

स्टैंडर्ड एंड पूअर्स का 500 इंडेक्स-एस एंड पी 500 फ्यूचर्स

स्टैंडर्ड एंड पूअर्स का 500 इंडेक्स (एस एंड पी 500) एक सूचकांक है, जिसमें बड़ी बाजार पूँजीवाली 500 बड़ी कंपनियाँ शामिल हैं। इसे यू.एस. इक्विटीज के प्रमुख संकेतक तथा लार्ज-कैप जगत् के प्रदर्शन के प्रतिबिंब के रूप में भी देखा जाता है। एस एंड पी 500 को लार्ज-कैप अमेरिकी इक्विटीज के प्रदर्शन का सबसे सटीक पैमाना भी माना जाता है। एस एंड पी 500 सूची में शामिल कंपनियों का चयन 'एस एंड पी इंडेक्स कमेटी' करती है। यह स्टैंडर्ड एंड पूअर्स के विश्लेषकों और अर्थशास्त्रियों की टीम होती है।

नेशनल स्टॉक एक्सचेंज (एन.एस.ई.) 29 अगस्त, 2011 से एस एंड पी तथा डोव जोंस सूचकांक के आधार पर डेरिवेटिव्स पेश कर रहा है। बहुत से ट्रेडर्स को अभी एस एंड पी फ्यूचर्स कांट्रैक्ट के बारे में कोई जानकारी नहीं है। इसका कांट्रैक्ट आकार 250 यूनिट का है और आमतौर पर इसकी समापन तारीख अनुबंधित माह का तीसरा शुक्रवार होती है। यदि उस शुक्रवार अमेरिका या भारत में छुट्टी हो तो अनुबंध उससे पिछले कारोबारी दिवस को समाप्त हो जाएगा। अंतिम आधे घंटे का औसत भारित भाव दैनिक निपटान भाव होता है और अदायगी भारतीय रुपयों में की जाती है।

एस एंड पी फ्यूचर्स में ट्रेडिंग के दौरान ध्यान रखने योग्य बातें

1. शॉर्ट कभी न करें; हमेशा लॉन्ग करें (पहले खरीदें और फिर बेचें); क्योंकि यदि आप बीते दस वर्षों के एस एंड पी 500 ग्राफ पर नजर डालेंगे तो ज्ञात होगा कि भाव धीरे-धीरे बढ़ रहे हैं और इनमें कोई

तीव्र गिरावट नहीं आई है।

2. एस एंड पी 500 अमेरिकी बाजार में दिन के 24 घंटे ट्रेड करता है; लेकिन भारतीय होने के कारण हम इसमें केवल एन.एस.ई. बाजार घंटों के दौरान ही ऑर्डर दे सकते हैं।
3. यदि आप एफ एंड ओ में नए हैं तो एस एंड पी फ्यूचर्स में पेपर ट्रेड में अभ्यास करें।
4. अवसर की प्रतीक्षा करें और एस एंड पी फ्यूचर्स में केवल तेजी के दौर में ही ट्रेड करें।
5. लालच न करें, क्योंकि जब भारतीय बाजार बंद होते हैं, एस एंड पी 500 तब भी चल रहा होता है और वह नीचे भी आ सकता है। आपको यह झटका अगले दिन भारतीय बाजारों के खुलने के बाद ही लगेगा।

एस एंड पी फ्यूचर्स के लाभ—

- आप सीधे शीर्ष अमेरिकी इक्विटी सूचकांक में कारोबार कर सकते हैं।
- ट्रेडिंग भारतीय रुपए में होगी, इसलिए इसमें विदेशी मुद्रा जोखिम नहीं है।
- ट्रेडिंग भारतीय कारोबारी घंटों के दौरान ही होती है।
- आपके लिए विविधता के अवसर भौगोलिक आधार पर होते हैं।
- निवेश की कोई अधिकतम सीमा नहीं होती, क्योंकि ये डेरिवेटिव्स कांट्रैक्ट भारतीय रुपयों में मूल्य-वर्गित होते हैं।

ऑप्शंस

एक ऑप्शन एक डेरिवेटिव है और इसका मूल्य अंतर्निहित शेयर (इक्विटी) या अंतर्निहित सूचकांक पर आधारित होता है।

यदि ऑप्शन समापन तिथि को या उससे पहले प्रयोग किया जा सकता हो

तो उसे 'अमेरिकन ऑप्शन' कहते हैं और यदि उसका उपयोग केवल समापन तिथि को ही किया जा सके तो उसे 'यूरोपियन ऑप्शन' कहा जाता है। भारत में हम केवल यूरोपियन ऑप्शन में ही कारोबार करते हैं।

ऑप्शन दो प्रकार के होते हैं—कॉल ऑप्शंस और पुट ऑप्शंस।

कॉल ऑप्शंस

कॉल ऑप्शंस किसी शेयर को तय भाव पर सुनिश्चित तिथि को या उससे पहले खरीदा जानेवाला विकल्प है। कॉल ऑप्शंस सिक्योरिटी डिपॉजिट जैसे होते हैं; जैसे—यदि आप किसी होटल के कमरे को पहले से बुक करना चाहते हैं तो आपसे सिक्योरिटी डिपॉजिट माँगा जाता है। तब इस धनराशि को एडवांस के तौर पर उपयोग किया जाता है और होटल स्वामी आपकी बताई तारीखों के लिए कमरा रोक लेते हैं। यदि आप उस तारीख को नहीं पहुँचते हैं तो आपको आपकी सिक्योरिटी डिपॉजिट वापस नहीं मिल सकेगी, लेकिन आपके ऊपर और कोई देनदारी भी नहीं होगी।

इसी तरह, जब आप एक कॉल ऑप्शन खरीदते हैं तो आप इसके लिए जो राशि भुगतान करते हैं, उसे 'ऑप्शन प्रीमियम' कहा जाता है; इससे आपका एक तय स्टॉक को सुनिश्चित भाव, जिसे 'स्ट्राइक प्राइस' कहा जाता है, पर खरीदने का अधिकार सुरक्षित हो जाता है। यदि आप इस शेयर को खरीदने में इस ऑप्शन का उपयोग नहीं करने का निर्णय लेते हैं तो आपका एकमात्र खर्च ऑप्शन प्रीमियम होगा।

पुट ऑप्शंस

पुट ऑप्शन स्टॉक को तय भाव पर या किसी सुनिश्चित तारीख के पूर्व बेचने में मदद करता है; यह इंश्योरेंस पॉलिसियों के जैसा होता है। उदाहरण के लिए, जब आप नई कार खरीदते हैं तो प्रीमियम का भुगतान करने पर आपको इंश्योरेंस मिल जाता है; यदि कार को किसी भी तरह का नुकसान होता है तो आप अपनी पॉलिसी का उपयोग कर कार का बीमित मूल्य प्राप्त कर सकते

हैं। यदि कार को कोई नुकसान नहीं होता तो इंश्योरेंस बेकार हो जाता है और इंश्योरेंस कंपनी जोखिम उठाने की एवज में भुगतान किया गया प्रीमियम अपने पास रख लेती है।

इसी तरह से पुट ऑप्शंस में आप विक्रय भाव तय करके स्टॉक को बीमित कर सकते हैं। यदि किसी भी कारणवश शेयर के भाव में गिरावट आती है तो आप अपने ऑप्शन का उपयोग कर इसे बीमित भाव पर बेच सकते हैं; हालाँकि यदि शेयर के भाव बढ़ते हैं और इसमें कोई अनिश्चितता नहीं है तो आपको बीमे की आवश्यकता नहीं पड़ती और आपका एकमात्र खर्च इसका प्रीमियम होता है।

नीचे कुछ बुनियादी शब्द दिए गए हैं, जिनकी जानकारी ऑप्शंस में ट्रेड से पहले होनी चाहिए—

स्ट्राइक प्राइस

वह पूर्व निर्धारित भाव, जिस पर किसी ऑप्शन के क्रेता और विक्रेता राजी होते हैं, उसे 'स्ट्राइक प्राइस' कहा जाता है। दूसरे शब्दों में, वह भाव, जिस पर ऑप्शन प्रयोग होता है, उसे 'स्ट्राइक प्राइस' या 'एक्सरसाइज प्राइस' कहा जाता है।

प्रीमियम

ऑप्शन प्रीमियम पहले किया जानेवाला भुगतान है, जिसे क्रेता विक्रेता को करता है, जिससे उसे ऑप्शन कांट्रैक्ट के लाभ हासिल हो सकें। ऑप्शन प्रीमियम का भाव दो कारकों पर आधारित होता है—आंतरिक मूल्य और आवधिक मूल्य।

आंतरिक मूल्य (इंट्रिंसिक वैल्यू)

आंतरिक मूल्य मौजूदा बाजार भाव तथा ऑप्शन के स्ट्राइक प्राइस के बीच का अंतर होता है। यह शून्य या ऋणात्मक हो सकता है।

आवधिक मूल्य (टाइम वैल्यू)

किसी कांट्रैक्ट में बची हुई अवधि इसके भाव को प्रभावित करती है। कांट्रैक्ट अपनी समापन तिथि के जितना निकट होगा, उसका मूल्य उतना ही कम होगा और उसका प्रीमियम भाव उतना ही गिर जाएगा। इसका अर्थ हुआ कि यदि कांट्रैक्ट 'क' की समापन तिथि और मौजूदा तिथि के बीच का अंतर कांट्रैक्ट 'ख' से लंबा होगा तो इनमें से कांट्रैक्ट 'क' का आवधिक मूल्य अधिक होगा।

इन द मनी

कॉल ऑप्शन—स्ट्राइक प्राइस से अंडरलाइंग इंस्ट्रूमेंट प्राइस अधिक होता है।

पुट ऑप्शन—स्ट्राइक प्राइस से अंडरलाइंग इंस्ट्रूमेंट प्राइस कम होता है।

आउट ऑफ द मनी

कॉल ऑप्शन—स्ट्राइक प्राइस से अंडरलाइंग इंस्ट्रूमेंट प्राइस कम होता है।

पुट ऑप्शन—स्ट्राइक प्राइस से अंडरलाइंग इंस्ट्रूमेंट प्राइस अधिक होता है।

एट द मनी

अंडरलाइंग प्राइस और स्ट्राइक प्राइस दोनों बराबर होते हैं।

'ऑप्शंस' एक विस्तृत विषय है और इसे कुछ पृष्ठों में समझाया जा सकता है। तो मैं एक ऐसी रणनीति की विस्तारपूर्वक व्याख्या करूँगा, जिसमें सफलता की संभावना बहुत अधिक है। जिन पाठकों को ऑप्शंस में काम करने का कई वर्षों का अनुभव है, वे इसे आजमाकर देख सकते हैं। जैसे हमेशा होता है, पहले कागजी ट्रेड करें और केवल तभी अपने वास्तविक खाते से ट्रेड करें।

नैकेड ऑप्शंस राइटर

ऑप्शंस ट्रेडर्स नित्य ही ऑप्शंस क्रेता के रूप में अपना कॅरियर आरंभ

करते रहे हैं। ऑप्शंस क्रेता होने पर आपको बाजार की दिशा और बाजार को गति करने में कितना समय लगेगा, इस बारे में सही पता होना चाहिए। चूँकि समय का मूल्य उसके विपरीत काम कर रहा होता है, अत: उसकी सफलता की संभावना केवल 25 प्रतिशत होती है।

अधिकांश रिटेल ग्राहकों को पता भी नहीं होता कि उनका सौदे के दूसरी ओर होना भी संभव है, जहाँ सफलता की संभावना 75 प्रतिशत होती है।

एक ऑप्शंस राइटर उस ऑप्शन कांट्रैक्ट को बेचता है, जिसके लिए ऑप्शन क्रेता भुगतान करता है।

ऑप्शन विक्रेता का दायित्व ऑप्शन क्रेता के ठीक विपरीत होता है। यदि ऑप्शन क्रेता अपने ऑप्शन को एक्सरसाइज करना चाहता है तो उन्हें डिलीवर करना राइटर का कर्तव्य है।

याद रखिए, एक ऑप्शन क्रेता का जोखिम सीमित होता है और लाभ संभावना असीमित होती है, जबकि एक ऑप्शन राइटर का जोखिम असीमित और लाभ संभावना सीमित होती है।

ऑप्शंस राइटिंग में सफलता की संभावना अधिक क्यों होती है?

आमतौर पर सभी ऑप्शंस में से 70 से 95 प्रतिशत बेकार समाप्त हो जाते हैं। इसका अर्थ हुआ कि एक ऑप्शन (कॉल या पुट) को खरीदने में नुकसान की बाधा काफी अधिक होती है; अत: ऑप्शन विक्रेता कांट्रैक्ट को बेकार समाप्त होने देकर पैसे बनाते हैं।

शॉर्ट-टर्म ऑप्शन राइटिंग में निम्न बातों का ध्यान रखें, जो 75 प्रतिशत आपके पक्ष में होती है।

ऑप्शन राइटिंग में हर चार में से तीन के सफल होने की संभावना है।

उदाहरण

ए.एल.बी.के. 80 कॉल को 7 रुपए पर बेच दें, जब स्टॉक 70 रुपए पर ट्रेड कर रहा हो।

संभावनाएँ—

- यदि शेयर का भाव 80 रुपए से नीचे हो जाता है—सफलता (आउट ऑफ द मनी)।
- यदि शेयर का भाव 80 रुपए के बराबर हो जाता है—सफलता (एट द मनी)।
- यदि शेयर का भाव थोड़ा सा ऊपर हो जाता है, लेकिन > 87 रुपए से कम रहता है—सफलता (इन द मनी)।
- यदि शेयर का भाव बहुत ऊपर हो जाता है > 87 रुपए - नुकसान (इन द मनी)।

उपर्युक्त पद्धति के इस्तेमाल से हमारे हर चार में से तीन बार सफलता की संभावना होती है। इसमें कोई अनिश्चितता नहीं है, क्योंकि आर.ओ.आई. (रिटर्न ऑफ इन्वेस्टमेंट), अधिकतम मुनाफा और निकास के समय का निर्धारण प्रवेश-बिंदु अपने आप कर देता है।

याद रखने योग्य बिंदु—

1. नैकेड कॉल रीडिंग मंदे बाजार में कॉल और तेज बाजार में नैकेड पुट करें।
2. ऐसे ऑप्शन राइट करें, जो कम-से-कम 25 प्रतिशत ओवरप्राइज हों।
3. ऐसे ऑप्शन राइट करें, जो कम-से-कम 20 प्रतिशत आउट ऑफ मनी हों।
4. कम भाव-परिवर्तनशीलतावाले शेयरों को चुनें।
5. बतौर रिटेल निवेशक, ऑप्शन को बेचने और प्रीमियम कमाने का अवसर आपके लिए हमेशा खुला है; लेकिन याद रहे कि ऑप्शन के विक्रय में असीमित जोखिम हैं। यह सुनिश्चित करें कि आपके पास मार्जिन को सँभालने के लिए पर्याप्त पूँजी हो। ऑप्शन को खरीदना आसान बात है, लेकिन ऑप्शन को बेचना बिलकुल अलग तरह

का खेल है। आपको रोजाना एम.टी.एम. (मार्क टू मार्केट) मार्जिन चुकाना होता है, फिर भले ही शेयरों के भाव आपके विपरीत क्यों न गए हों!

6. सबसे महत्त्वपूर्ण, ब्रोकर के माध्यम से फोन द्वारा नहीं, बल्कि स्वयं ऑनलाइन ऑर्डर दें; क्योंकि भारत में अधिकांश ब्रोकर ऑप्शन को बेचने को लेकर काफी नए हैं और इसलिए संभव है कि वे गलत ऑर्डर दे सकते हैं।

ऑप्शन राइटिंग/विक्रय के लाभ

1. आप प्रीमियम के रूप में पहले ही भुगतान कर चुके होते हैं (संभावित मुनाफा)।
2. जब ऑप्शन आउट ऑफ मनी समाप्त हो जाता है, जैसा अकसर होता रहता है, तब कोई भी कांट्रैक्ट को एक्सरसाइज करना नहीं चाहता और आप पूरे प्रीमियम को मुनाफे के तौर पर रख सकते हैं।
3. देरी होने से ऑप्शन विक्रेता का दायित्व और जोखिम कम हो जाता है, क्योंकि व्यक्ति पहले ही ऑप्शन को उच्च भाव पर बेच चुका होता है और उसका प्रीमियम ले चुका होता है।
4. आप ऑप्शन को फिर से खरीदकर किसी भी समय कांट्रैक्ट को बंद कर सकते हैं। इसे कारोबारी घंटों के दौरान किसी भी समय किया जा सकता है।

ऑप्शन विक्रेताओं द्वारा की जानेवाली आम गलतियाँ

ऑप्शन विक्रय एक निष्क्रिय गतिविधि है, जिसके लिए समय और धैर्य की आवश्यकता होती है। नीचे वे आम गलतियाँ दी गई हैं, जो ट्रेडर ऑप्शन विक्रय के दौरान किया करता है।

पहली गलती : निकास योजना न होना

ऑप्शन विक्रय में यह फैसला करना कठिन होता है कि पोजीशन को कब

बंद किया जाए? कई बार ऑप्शन व्यर्थ समाप्त हो जाते हैं; लेकिन निश्चित ही यह जोखिम योग्य नहीं है। महत्त्वपूर्ण बात यह है कि आपके पास निकास योजना होनी चाहिए।

दूसरी गलती : ओवर पोजीशनिंग

ओवर पोजीशनिंग सबसे बड़ी गलती है, जो नए ऑप्शन विक्रेता कर बैठते हैं। भले ही व्यक्ति ने ऑप्शन बेचने का कितना भी प्रशिक्षण क्यों न लिया हो, किसी को यह सिखाना कठिन होता है कि वह पोजीशन किस तरह ले! नए ट्रेडर्स ऑप्शन कम ही बेचते हैं। वे इन्हें समाप्त होते देखते हैं और यह सोचकर खुश होते हैं कि उन्हें पैसे कमाने का एक शानदार तरीका मिल गया है। वे अपने खाता आकार से बहुत अधिक ऑप्शन बेचना आरंभ कर देते हैं और अंत में उनके पास बहुत सारे ऑप्शन हो जाते हैं। यह पूरे पोर्टफोलियो को नुकसान होने के बड़े जोखिम में डाल देता है। ऑप्शन विक्रय 75 प्रतिशत हमारे पक्ष में कार्य करता है; लेकिन व्यक्ति को लीवरेज को समझना और उसका सम्मान करना चाहिए।

तीसरी गलती : पैसों के बहुत निकट बेच देना

बहुत से ऑप्शन विक्रेताओं का मानना है कि ऑप्शन विक्रय का सबसे अच्छा तरीका ऐसे स्ट्राइक प्राइस को चुनना है, जिसके समाप्त होने में कुछ ही दिन बचे हों। इसका कारण है कि आपको आवधिक समाप्ति पर अधिकतम भाव मिलता है। अच्छा प्रीमियम पाने के लिए व्यक्ति को पैसों के बहुत (जोखिमपूर्ण निकटस्थ विक्रय) निकट बेचना चाहिए; लेकिन यह अच्छा कार्य नहीं है, क्योंकि 'इन द मनी' ऑप्शन के भाव तेजी से बढ़ जाते हैं। याद रखिए, बड़े नुकसान से बचने की कुंजी 'आउट ऑफ द मनी' रहने में है।

अनुभव-सिद्ध तरीका

1. प्रति ट्रेड अधिकतम हानि—मूल पूँजी से 2 प्रतिशत से अधिक नहीं हो।

उदाहरण—यदि आपकी मूल पूँजी 10 लाख रुपए है, तो अधिकतम स्वीकृत हानि/ट्रेड दो प्रतिशत से अधिक नहीं होना चाहिए; अर्थात् अधिकतम स्वीकृत हानि प्रति ट्रेड 20,000 रुपए से अधिक नहीं होनी चाहिए।

2. ट्रेड की मात्रा का फैसला कैसे करें?

ट्रेड की मात्रा = (प्रति ट्रेड हानि/प्रति ट्रेड जोखिम) प्रति ट्रेड जोखिम वह अधिकतम है, जिस पर शेयर एक दिन में ट्रेड करता है। मान लीजिए, यह 20 रुपए है, तो ट्रेड की मात्रा = 20,000 / 20 = 1,000 संख्या।

3. अपने विफल सौदों और गलतियों को लिख लें—भावी संदर्भों के लिए एक जर्नल काफी उपयोगी हो सकता है। इससे आपको अपनी गलतियों से सीखने में मदद मिलेगी।
4. बाजार का पीछा न करें।
5. जैसे ही सामने आए, अपना मुनाफा फौरन ले लें।

फ्यूचर्स और ऑप्शंस के बीच अंतर

फ्यूचर्स	ऑप्शंस
ऑप्शंस की तुलना में अधिक मार्जिन भुगतान करना होगा।	केवल प्रीमियम राशि चाहिए। यह फ्यूचर्स के लिए भुगतान की गई मार्जिन राशि की तुलना में काफी कम होता है।
असीमित लाभ व हानि।	असीमित लाभ व हानि।
सट्टेबाजों की प्राथमिकता।	हेजर्स की प्राथमिकता।
कांट्रैक्ट पूरा करना क्रेता की मजबूरी।	क्रेता पर खरीदने/बेचने की मजबूरी नहीं होती।

निष्कर्ष—

वॉरेन बफे डेरिवेटिव्स को 'सामूहिक विनाश का वित्तीय हथियार' के तौर पर संदर्भित करते हैं। इसका अर्थ है कि एफ. एंड ओ. से ऐसे बड़े नुकसान हो सकते हैं, जिनसे पार पाना आसान नहीं होगा। ये पूँजी क्षरण करनेवाले भी हो सकते हैं। फिर भी, एफ. एंड ओ. के कुछ फायदे भी हैं। इससे तब तक दूर रहें, जब तक आपको अच्छी जानकारी न हो जाए।

□

4

आई.पी.ओ.
(इनीशियल पब्लिक ऑफरिंग)

आई.पी.ओ. किसी भी निजी कंपनी के शेयरों का आम जनता को पहली बार बेचे जाने का प्रस्ताव है। कई बार इसे 'कंपनी का पब्लिक होना' भी कहा जाता है। आई.पी.ओ. आम व्यक्ति के लिए कंपनी में निवेश का अवसर खोलता है।

आमतौर पर कंपनियाँ विस्तार हेतु पूँजी जुटाने के लिए आई.पी.ओ. लाया करती हैं। निजी कंपनियाँ बैंकों से धन उधार लेकर और निजी निवेशकों को खोजकर पूँजी जुटा सकती हैं; लेकिन कंपनियाँ बेहद कम लागत पर बड़ी मात्रा में धनराशि जुटाने के लिए आई.पी.ओ. का मार्ग अपनाती हैं।

कोई भी निजी रजिस्टर्ड कंपनी आई.पी.ओ. ला सकती है, यदि वह स्टॉक एक्सचेंज द्वारा तय मानकों को पूरा करती हो। आई.पी.ओ. संबंधी पूरी प्रक्रिया पर सेबी (SEBI भारतीय प्रतिभूति और विनिमय बोर्ड) का नियंत्रण होता है।

जो कंपनी पब्लिक होने की इच्छा रखती है, उसे एक प्रभावशाली प्रबंधन और पेशेवर टीम विकसित करना आवश्यक होता है, जो कंपनी को एक बार पब्लिक हो जाने के बाद सही रास्ते पर ला सके।

एक बार जब कंपनी आई.पी.ओ. के लिए सभी पात्रता मानदंडों को पूरा कर लेती है तो उसे अपने आपको नेशनल स्टॉक एक्सचेंज में सूचीबद्ध करवाने के लिए निम्नलिखित कदम उठाने होंगे—

पहला कदम : अंडरराइटर की नियुक्ति

एच.डी.एफ.सी. और आई.सी.आई.सी.आई. जैसे निवेश बैंक कंपनी की ओर से बतौर अंडरराइटर कार्य करते हैं। आई.पी.ओ. प्रक्रिया के लिए एक या अधिक बैंकों को निष्पक्ष कार्यान्वयन के लिए नियुक्त कर सकते हैं।

दूसरा कदम : सेबी (SEBI) में रजिस्ट्रेशन और रेड हेरिंग प्रोस्पेक्टस तैयार करना

आई.पी.ओ. प्रक्रिया आरंभ करने के लिए कंपनी को सेबी (SEBI) में रजिस्टर होना होगा और के.वाई.सी. विवरण जैसे मूल संबंधित दस्तावेज और आधिकारिक लेखा परीक्षा हेतु वित्तीय विवरण जमा करवाने होंगे। सेबी (SEBI) के संतुष्ट हो जाने पर 'रेड हेरिंग प्रोस्पेक्टस' तैयार किया जाता है।

'रेड हेरिंग प्रोस्पेक्टस' में कंपनी का विक्रय, एसेट्स, राजस्व और संबंधित वित्तीय डाटा शामिल रहता है। नियुक्त अंडरराइटर इसे स्वीकृति के लिए सेबी (SEBI) के पास भेज देता है।

तीसरा कदम : मार्केटिंग

सेबी से स्वीकृति मिलने पर अंडरराइटर कंपनी को विज्ञापित करते हुए आई.पी.ओ. का प्रचार करते हैं। विज्ञापन सामान्यत: व्यापारिक पत्रिकाओं और समाचार–पत्रों द्वारा किया जाता है।

चौथा कदम : भाव निर्धारित करना

निवेश बैंक कंपनी को उसकी प्रतिभूति के भाव का फैसला लेने में कंपनी की मदद करता है। भावों को बुक बिल्डिंग प्रक्रिया के उपयोग से तय किया या खोजा जाएगा। बुक बिल्डिंग प्रक्रिया में अंडरराइटर निवेशकों के बोली लगाने के लिए प्राइस बैंड तय करता है। इसके बाद निवेशकों की माँग के आधार पर भाव तय कर दिया जाता है।

पाँचवाँ कदम : सूचीबद्ध होना

आखिरकार एक्सचेंज में सूचीबद्ध होने के लिए एक तारीख तय की जाती है। उस दिन से शेयर सेकंडरी मार्केट में ट्रेड करना आरंभ कर देते हैं।

छठा कदम : रिफंड, यदि कोई हो

यदि माँग अधिक हो तो सभी निवेशकों को शेयर आवंटित नहीं किए जाते। जिन निवेशकों को आवंटन नहीं होता, उनका पैसा वापस लौटा दिया जाता है।

निवेशकों की तीन श्रेणियाँ

1. अर्हता-प्राप्त संस्थागत खरीदार।
2. गैर-संस्थागत निवेशक।
3. रिटेल निवेशक।

अर्हता-प्राप्त संस्थागत खरीदार (क्यू.आई.बी.)

इस श्रेणी में बैंक, म्यूचुअल फंड्स, बीमा कंपनियाँ और विदेशी संस्थागत निवेशक (एफ.आई.आई.) जैसे वित्तीय संस्थान आते हैं। अधिकतम 50 प्रतिशत इश्यू क्यू.आई.बी. श्रेणी के तहत आनेवाले निवेशकों के लिए आरक्षित किए जा सकते हैं। इसमें से 5 प्रतिशत म्यूचुअल फंड्स के लिए आरक्षित किए जा सकते हैं।

गैर-संस्थागत निवेशक

इसे 'हाई नेटवर्थ इंडिविजुअल' (एच.एन.आई.) कोटा भी कहा जाता है। निवासी, भारतीय व्यक्ति, हिंदू अविभाजित परिवार (एच.यू.एफ.), कंपनियाँ, एन.आर.आई., संस्थाएँ और न्यास—जिनकी भी शेयर आवेदन बोली 1 लाख रुपए से अधिक होती है—वे इस श्रेणी में आते हैं। कुल इश्यू में से कम-से-कम 15 प्रतिशत इश्यू इस समूह के लिए आरक्षित किए जा सकते हैं।

रिटेल निवेशक

निवासी व एन.आर.आई.—दोनों तरह के लोगों के साथ ही एच.यू.एफ. इस श्रेणी में आते हैं। आवेदन आकार 1 लाख रुपए से कम होना चाहिए। इश्यू का कम-से-कम 30 प्रतिशत इन लोगों के लिए आरक्षित रखना होता है।

ओवरसबस्क्राइब का क्या मतलब है?

आमतौर पर आई.पी.ओ. को तब ओवरसबस्क्राइब माना जाता है, जब माँग उपलब्ध शेयरों की कुल संख्या से अधिक हो।

एक आई.पी.ओ. किसी भी श्रेणी में ओवरसबस्क्राइब हो सकता है। मैं इसके बारे में रिटेल निवेशक श्रेणी के तहत उदाहरण सहित बताऊँगा।

उदाहरण—

कंपनी 'क' रिटेल निवेशकों के लिए 20 लाख शेयरों का आई.पी.ओ. लाती है। मान लेते हैं कि 40,000 निवेशक प्रत्येक के लिए 100 शेयर हेतु आवेदन करते हैं। यहाँ कुल आवश्यकता 40 लाख शेयरों की है, लेकिन केवल 20 लाख शेयर उपलब्ध हैं। इसलिए इस इश्यू को रिटेल निवेशक श्रेणी में दो गुना ओवरसबस्क्राइब हुआ कहा जाएगा।

इश्यू ओवरसबस्क्राइब होने पर रिटेल श्रेणी में आवंटन कैसे होता है?

बहुत से निवेशकों को यह गलतफहमी रहती है कि आई.पी.ओ. का आवंटन सबके बीच समय और मात्रा के आधार पर किया जाता है; लेकिन यह सच नहीं है। सेबी (SEBI) द्वारा निर्धारित नियमों के अनुसार, कंपनी किसी को भी न्यूनतम लॉट आकार से कम आवंटन नहीं कर सकती, अतः कंपनी आवेदन करनेवाले सभी लोगों को न्यूनतम लॉट आकार के शेयर आवंटित करने का प्रयास करती है। शेष शेयरों को उचित अनुपात में उन सबके बीच वितरित कर दिया जाता है, जिन्होंने अधिकतम लॉट से उच्च के लिए बोली लगाई थी। यदि आपने 1.5 लाख रुपए मूल्य की बोली लगाई है तो आपको

न्यूनतम लॉट के साथ ही आपकी बोली के उचित अनुपात में अतिरिक्त शेयर भी मिल जाएँगे।

कई बार, न्यूनतम लॉट में बोली लगे शेयरों की कुल संख्या इश्यू के आकार से भी बड़ी होती है। ऐसा होने पर, न्यूनतम लॉट का आवंटन कंप्यूटर-आधारित रैंडम ड्रॉ द्वारा निकाला जाता है। यह लकी ड्रॉ के जैसा होता है और पूरी संभावना है कि जिस आवेदक ने न्यूनतम लॉट के लिए आवेदन किया था, उसे यह आवंटित हो जाए; जबकि जिन लोगों ने अधिक संख्यावाले लॉट के लिए आवेदन किया था, उन्हें कुछ भी न मिले। अत: यह स्पष्ट है कि अधिकतम लॉट के लिए बोली लगाने से आपके आवंटन पाने के अवसर बढ़ नहीं जाते।

क्या करें—

1. प्रोस्पेक्टस/एब्रिज्ड प्रोस्पेक्टस को पढ़ें और उसमें जोखिमवाले पहलुओं पर विशेष रूप से ध्यान दें।
2. इस इश्यू के उद्देश्य का पता लगाएँ।
3. कंपनी के इतिहास की जाँच करें।
4. प्रमोटर्स की पृष्ठभूमि जाँचें।
5. आवंटन के अवसर बढ़ाने के लिए परिवारजनों के नाम से भी आवेदन करें।

क्या न करें—

1. बाजार की अफवाहों के शिकार न बनें।
2. जारीकर्ता या किसी भी व्यक्ति द्वारा किए किसी भी प्रत्यक्ष/अप्रत्यक्ष वायदे पर भरोसा न करें।
3. बाजार सूचकांक में पहले से जारी तेजी के आधार पर निवेश न करें।

आई.पी.ओ. की खूबियाँ व कमियाँ

खूबियाँ—

1. कंपनी की न्यूनतम लागत लगती है।
2. कंपनी की पहुँच, साख और सार्वजनिक छवि बढ़ती है, जो कंपनी को बिक्री व मुनाफे में मदद कर सकती है।
3. पब्लिक कंपनियाँ तरल इक्विटी भागीदारी (जैसे—ई.एस.ओ.पी.) द्वारा अच्छे प्रबंधन व कुशल कर्मचारियों को आकर्षित कर सकती हैं तथा अपने साथ बनाए रख सकती हैं।
4. अधिग्रहण की सुविधा (शेयर की भागीदारी के बदले संभावना)।
5. कंपनी के लिए अन्य विकल्पों के मुकाबले बड़ी मात्रा में धनराशि जुटती है।

कमियाँ—

1. कंपनी को अपने वित्तीय, लेखा, टैक्स और अन्य व्यापारिक जानकारियों का खुलासा करना पड़ता है।
2. कुछ कानूनी, लेखा और विपणन व्यय। समय अधिक लगना और रिपोर्टिंग के लिए प्रबंधन को अधिक प्रयास व ध्यान देने की आवश्यकता होगी।
3. ऐसी जानकारियों का सार्वजनिक प्रसार, जो प्रतिस्पर्धियों, आपूर्तिकर्ताओं और ग्राहकों के लिए उपयोगी हो सकती हैं।
4. नियंत्रण हटना और मजबूत एजेंसी समस्याएँ; क्योंकि नए शेयरधारक, जिन्हें मतदान का अधिकार मिला है, वे बोर्ड ऑफ डायरेक्टर्स द्वारा कंपनी के निर्णयों को प्रभावशाली ढंग से नियंत्रित कर सकते हैं।
5. कानूनी और नियामक मामलों का जोखिम बढ़ना, जैसे—निजी प्रतिभूतियाँ, वर्गीय काररवाई, मुकदमे और शेयरधारकों की काररवाइयाँ।

'ए.एस.बी.ए.' क्या है?

ए.एस.बी.ए. होता है—'एप्लिकेशन सपोर्टेड बाय ब्लॉक्ड अमाउंट'। ए.एस.बी.ए. एक आवेदन-पत्र होता है, जिसमें आवेदन राशि को बैंक खाते में—आई.पी.ओ. या राइट्स इश्यू सबस्क्राइब करने के लिए रोके रखने का अधिकार दिया जाता है। यदि निवेशक ए.एस.बी.ए. के माध्यम से आवेदन कर रहा है तो उसकी आवेदन राशि को बैंक खाते से केवल आवंटन हो जाने के बाद ही निकाला जा सकता है।

ए.एस.बी.ए. आवेदन-पत्र को जमा करवाना

निवेशक ए.एस.बी.ए. आवेदन-पत्र को किसी भी ट्रेडिंग मेंबर या एस.सी.एस.बी. (सेल्फ सर्टिफाइड सिंडिकेट बैंक्स) के पास जमा करवा सकते हैं। उन सभी एस.सी.एस.बी. और उनकी ब्रांच सूची, जहाँ ए.एस.बी.ए. आवेदन-पत्र जमा किया जा सकता है—सेबी (SEBI) और एन.एस.ई. की वेबसाइट पर उपलब्ध है। इसके लिए निवेशक का उस एस.सी.एस.बी. में डी.पी. अकाउंट होना आवश्यक नहीं है, जहाँ वह आवेदन-पत्र जमा करवा रहा है।

या

निवेशक अपने ए.एस.बी.ए. आवेदन-पत्र को अपने स्टॉक ब्रोकर के पास भी जमा करवा सकते हैं।

या

यदि आपका एस.सी.एस.बी./ट्रेडिंग मेंबर सुविधा देता हो तो इंटरनेट बैंकिंग के माध्यम से ऑनलाइन आवेदन करें।

अधिकांश रिटेल निवेशक भरे हुए ए.एस.बी.ए. आवेदन-पत्र को अपनी एस.सी.एस.बी. बैंकिंग ब्रांच पर जमा करते हैं। बदले में बैंक आवेदन संबंधी विवरण को बोली लगाने के प्लेटफॉर्म पर अपलोड कर देता है। आवेदन-पत्र में सभी आवश्यक विवरण शामिल रहते हैं, जैसे—आवेदक का नाम, स्थायी खाता संख्या (PAN) , डीमैट खाता संख्या, बोली की मात्रा और बोली का भाव।

ए.एस.बी.ए. के माध्यम से आवेदन के पात्रता मानक

सभी निवेशक ए.एस.बी.ए. के माध्यम से आई.पी.ओ. के लिए आवेदन कर सकते हैं। राइट्स इश्यू के मामले में कंपनी के रिकॉर्ड तिथि तक के सभी शेयरधारकों को ए.एस.बी.ए. के उपयोग की अनुमति केवल तभी मिलती है, यदि—

- उनके पास डीमैटीरियलाइज प्रारूप में शेयर मौजूद हों और उन्होंने इश्यू में डीमैटीरियलाइज प्रारूप में अतिरिक्त शेयरों या हकदारी के लिए आवेदन किया हो।
- वे अस्वीकारकर्ता (रिनाउंस) न हों।

आई.पी.ओ. के कुछ महीने बाद शेयर के भाव कम क्यों होने लगते हैं?

कुछ मामलों में आई.पी.ओ. के कुछ महीने बाद शेयर के भाव में तीव्र गिरावट आने लगती है। यह अकसर लॉक-अप अवधि की समाप्ति की वजह से होता है। जब कंपनी पब्लिक होती है, तब अंडरराइटर्स कंपनी के अंदरूनी व्यक्तियों, जैसे अधिकारियों और कर्मचारियों, के साथ लॉक-अप एग्रीमेंट करती है। लॉक-अप एग्रीमेंट अंडरराइटर्स और कंपनी के अंदरूनी व्यक्तियों के बीच एक कानूनी बाध्यकारी अनुबंध होता है, जो उन्हें निश्चित अवधि तक के लिए कोई भी शेयर बेचने से प्रतिबंधित करता है। यह अवधि 90 दिन से लेकर 24 महीने तक हो सकती है। समस्या यह है कि जब भी यह लॉक-अप अवधि समाप्त होती है, सभी अंदरूनी व्यक्तियों को उनके शेयर बेचने की अनुमति मिल जाती है, जिसके परिणामस्वरूप बहुत से लोग प्रॉफिट बुक करने के लिए बिकवाली आरंभ कर देते हैं और एक तरह की अत्यधिक आपूर्ति शेयर के भाव नीचे ला सकती है।

ए.एस.बी.ए. के माध्यम से आवेदन में निवेशक का फायदा

ए.एस.बी.ए. के माध्यम से आवेदन करने में निवेशक को निम्न फायदे हैं—

(i) निवेशक को आवेदन धनराशि पर ब्याज मिलता रहता है, क्योंकि यह बैंक खाते में ही होती है।

(ii) ए.एस.बी.ए. आसान है और आई.पी.ओ. में आवेदन के दौरान समय बचाती है।

(iii) निवेशक को रिफंड की चिंता नहीं रहती, क्योंकि ए.एस.बी.ए. में बैंक खाते से केवल उतनी ही धनराशि निकाली जाती है, जितनी प्रतिभूतियों के आवंटन के लिए चाहिए हो और वह भी केवल तभी, जब आवंटन के आधार को अंतिम रूप दिए जाने के बाद उसके आवेदन को आवंटन के लिए स्वीकार कर लिया जाए।

(iv) एक बैंक खाते से प्रति इश्यू पाँच आवेदन किए जा सकते हैं।

आई.पी.ओ. आवंटन के परिणाम दिखानेवाली वेबसाइटें—

जब भी व्यक्ति किसी आई.पी.ओ., एन.एस.ई./बी.एस.ई. के लिए आवेदन करता है तो उसे आवंटन की स्थिति से संबंधित एस.एम.एस./मेल भेजा जाता है; लेकिन कई बार यह संदेश भेजने में कुछ दिनों की देरी हो जाती है। एक बार आवंटन हो जाने के बाद निम्न वेबसाइटों पर आप तुरंत ही स्थिति के बारे में जानकारी ले सकते हैं :—

- लिंकइनटाइम(https://linkintime.co.in/PublicIssues/)
- कार्वे (http://ipo.karvy.com/)

आपको आवंटन स्थिति जानने के लिए वेबपेज पर केवल निम्न में से कोई एक जानकारी भरनी होगी—

- संख्या (PAN)

- आई.पी.ओ. आवेदन-पत्र संख्या।
- डी.पी. आई.डी/क्लाइंट आई.डी.।

आई.पी.ओ. फंडिंग

आजकल अधिकांश आई.पी.ओ. ओवरसबस्क्राइब हो जाते हैं और निजी व्यक्तियों के लिए आवंटन के अवसर बहुत कम हैं। आवंटन के अवसरों को अधिकतम करने के लिए व्यक्ति को 'एच.एन.आई. श्रेणी' (जो रिटेल निवेशक किसी आई.पी.ओ. में 2,00,000 रुपए से अधिक कीमत के शेयरों के लिए आवेदन करते हैं, उन्हें 'एच.एन.आई.' माना जाता है) में आवेदन करना होता है।

आई.पी.ओ. फाइनेंसिंग/फंडिंग वह ऋण है, जो एन.बी.एफ.सी. (नॉन बैंकिंग फाइनेंशियल कंपनी) मुख्य रूप से एच.एन.आई. (हाई नेटवर्थ इंडिविजुअल्स) को आई.पी.ओ. में आवेदन करने के लिए देती है।

जो निवेशक आई.पी.ओ. फंडिंग को चुनते हैं, वे अकसर लिस्टिंग के दिन आवंटित शेयरों को आमतौर पर बेच दिया करते हैं (फ्लिपिंग रणनीति) और उन्हें लंबे समय तक अपने पास नहीं रखते।

आई.पी.ओ. फंडिंग के द्वारा आवेदन करनेवाले किसी भी व्यक्ति को बस मार्जिन राशि देनी होती है और शेष राशि एन.बी.एफ.सी. से कर्ज पर मिलती है।

ब्याज दरें बहुत कम, 8 से 12 प्रतिशत प्रतिवर्ष की सीमा में हैं।

आई.पी.ओ. फंडिंग बहुत कम अवधि के लिए होती है—लगभग सात से पंद्रह दिन और चुकौती अवधि तीन महीने तक की होती है।

पहली बार के निवेशक के लिए आई.पी.ओ. फंडिंग की प्रक्रिया कुछ भयावह हो सकती है; क्योंकि इसके दस्तावेजीकरण में काफी समय लगता है और अधिकांश एन.बी.एफ.सी. इसके लिए शेयरों को गिरवी रखते हैं। इसके अतिरिक्त वे लोन एग्रीमेंट के लिए प्रोसेसिंग फीस और स्टांप शुल्क भी वसूल करते हैं।

आई.पी.ओ. फंडिंग की कदम-दर-कदम प्रक्रिया—

1. किसी एन.बी.एफ.सी. के साथ अपना फाइनेंसिंग खाता खोलें (पहली बार ही करना होगा)।
2. आवश्यक फॉर्म भरें, पॉवर ऑफ अटार्नी दें और सभी संबंधित दस्तावेजों को जमा करवाएँ (पहली बार ही करना होगा)।
3. आपकी जिस आई.पी.ओ. में दिलचस्पी है, उसका विवरण प्रदान करें।
4. मार्जिन राशि का भुगतान करें।
5. शेष धनराशि की एन.बी.एफ.सी. एक कार्यदिवस में अदायगी कर देगा।
6. यदि आवंटन होता है तो आवंटित शेयरों को आपके डीमैट खाते में जमा कर दिया जाएगा।
7. निवेशक एन.बी.एफ.सी. को शेयरों के विक्रय की सलाह देगा।
8. अंत में, निवेशक प्रॉफिट/लॉस बुक करके ऋण धनराशि चुका देगा।

आई.पी.ओ. फाइनेंसिंग से जुड़े एन.बी.एफ.सी.

निम्न एन.बी.एफ.सी. आई.पी.ओ. फाइनेंसिंग से जुड़े हैं—

1. शेयरखान
2. आदित्य बिरला मनी
3. एक्सिस फाइनेंस लि.
4. एस.एम.सी. फाइनेंस
5. एडेलवाइस
6. जे.एम. फाइनेंशियल।

ये आमतौर पर 2 लाख रुपए से 25 करोड़ रुपए तक फंड करते हैं।

आई.पी.ओ. फंडिंग की खूबियाँ व कमियाँ

खूबियाँ—

1. आई.पी.ओ. फंडिंग से निवेशकों को एच.एन.आई. श्रेणी में भागीदारी की अनुमति मिलती है, फिर भले ही उनके पास पर्याप्त धनराशि न भी हो।
2. आपके डीमैट खाते में मौजूद प्रतिभूतियों को मार्जिन राशि के तौर पर उपयोग किया जा सकता है।

कमियाँ—

1. अच्छे आई.पी.ओ. आमतौर पर ओवरसबस्क्राइब हो ही जाते हैं और इनमें आवंटन के लिए शेयरों की संख्या भी कम होती है। भले ही शेयर प्रीमियम प्राइस पर लिस्ट हों, यदि आई.पी.ओ. फंडिंग से प्राप्त लागत से तुलना की जाए तो इससे प्राप्त मुनाफा काफी कम होता है।
2. कई बार शेयर आवंटित हो जाते हैं और यदि सबस्क्रिप्शन प्राइस से लिस्ट प्राइस बहुत कम हो तो इसमें अंततः निवेशक को नुकसान होता है। निवेशक न केवल क्रय/विक्रय भाव के बीच के अंतर को, बल्कि आई.पी.ओ. फंडिंग में हुए खर्च को भी खो बैठता है। इससे नुकसान की मात्रा बढ़ जाती है।

□

5

डीमैटीरियलाइजेशन

भारतीय शेयर बाजार का इतिहास सौ वर्षों से भी अधिक पुराना है और वर्ष 1996 तक सभी शेयर भौतिक सर्टिफिकेट के रूप में होते थे।

शेयर सर्टिफिकेट कंपनी में भागीदारी का प्रतिनिधित्व करनेवाला लिखित दस्तावेज है। इसमें निम्न सूचनाएँ शामिल रहती हैं—

- शेयरधारक का नाम
- स्वामित्व शेयरों की संख्या
- तारीख
- फोलियो संख्या
- डिस्टिंक्टिव संख्या
- सर्टिफिकेट संख्या
- फेस वैल्यू
- कंपनी की मुहर व हस्ताक्षर।

आमतौर पर नकली प्रति बनाए जाने को हतोत्साहित करने के लिए सर्टिफिकेटों का डिजाइन काफी जटिल होता है। निम्नांकित चित्र इसी बिंदु को दरशाता है :—

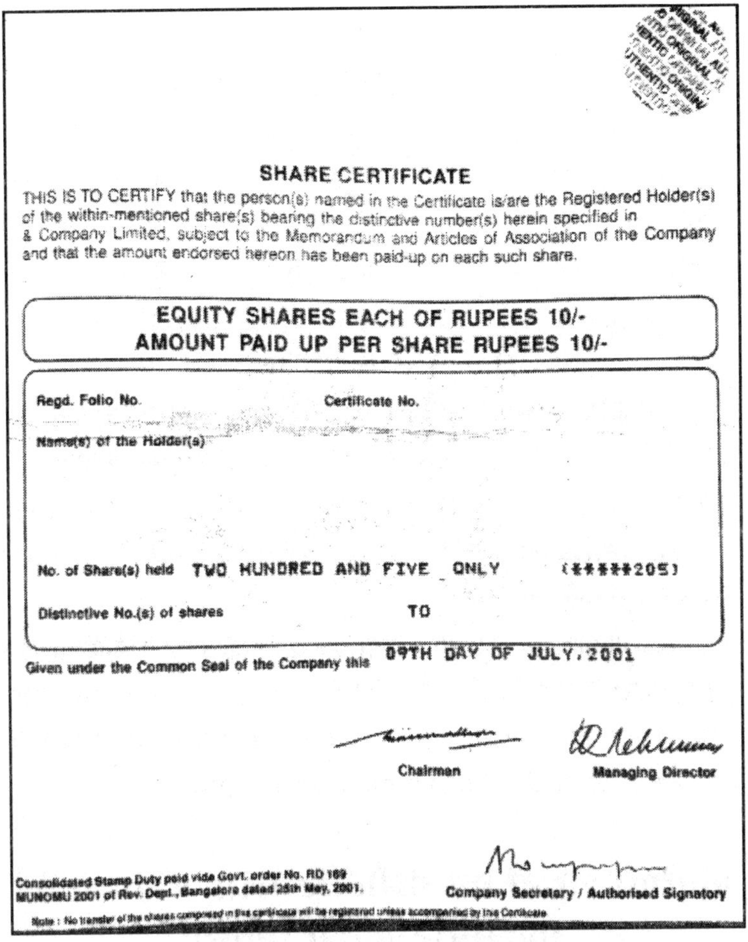

SHARE CERTIFICATE

THIS IS TO CERTIFY that the person(s) named in the Certificate is/are the Registered Holder(s) of the within-mentioned share(s) bearing the distinctive number(s) herein specified in & Company Limited, subject to the Memorandum and Articles of Association of the Company and that the amount endorsed hereon has been paid-up on each such share.

EQUITY SHARES EACH OF RUPEES 10/-
AMOUNT PAID UP PER SHARE RUPEES 10/-

Regd. Folio No. Certificate No.

Name(s) of the Holder(s)

No. of Share(s) held TWO HUNDRED AND FIVE ONLY (*****205)

Distinctive No.(s) of shares TO

Given under the Common Seal of the Company this 09TH DAY OF JULY, 2001

Chairman Managing Director

Consolidated Stamp Duty paid vide Govt. order No. RD 169 MUNOMU 2001 of Rev. Dept., Bangalore dated 25th May, 2001.

Company Secretary / Authorised Signatory

Note : No transfer of the shares comprised in the certificate will be registered unless accompanied by the Certificate

नमूना भौतिक शेयर प्रमाण-पत्र

डीमैट खाता क्या होता है?

डीमैट खाते में प्रतिभूतियों (शेयर, बॉण्ड और डिबेंचर) को इलेक्ट्रॉनिक प्रारूप में रखा जाता है। यह बचत खाते जैसा ही है, क्योंकि इसमें मुद्रा की जगह कल्पित मूल्यवाली प्रतिभूतियों को इलेक्ट्रॉनिक प्रारूप में रखा जाता है।

डीमैट खाता निम्न दो डिपॉजिटरी में से किसी में भी खोला जा सकता है—

एन.एस.डी.एल.—नेशनल सिक्योरिटीज डिपॉजिटरी लिमिटेड या

सी.डी.एस.एल.—सेंट्रल डिपॉजिटरी सर्विसेज लिमिटेड।

एक रिटेल निवेशक इन डिपॉजिटरी में सीधे डीमैट खाता नहीं खुलवा सकता। इसके लिए उन्हें बिचौलियों के माध्यम से जाना होता है, जिन्हें डिपॉजिटरी पार्टिसिपेंट (डी.पी.) कहा जाता है। आज ऐसे बहुत से बैंक और ब्रोकर हैं, जो डिपॉजिटरी पार्टिसिपेंट के रूप में कार्य करते हैं।

डीमैटीरियलाइजेशन

डीमैटीरियलाइजेशन/डीमैट भौतिक शेयरों को इलेक्ट्रॉनिक प्रारूप में परिवर्तित करने की प्रक्रिया है। शेयरों का डीमैटीरियलाइजेशन वैकल्पिक है और निवेशक इन्हें अपने पास भौतिक प्रारूप में भी रख सकते हैं। इसका नुकसान यह है कि यदि वह इन्हें स्टॉक एक्सचेंज में बेचना चाहेगा तो अधिकांश ब्रोकर इसे स्वीकार नहीं करेंगे।

कोई भी निवेशक, जो अपनी शेयर आवश्यकताओं को डीमैटीरियलाइज करना चाहता है, उसे डिपॉजिटरी पार्टिसिपेंट (डी.पी.) के पास डीमैट खाता खुलवाना होगा। एक बार खाता खुल जाने पर एक विशिष्ट ग्राहक आई.डी. बन जाएगी, जिसके लिए निम्नलिखित कार्य करने होंगे—

भौतिक शेयरों को डीमैटीरियलाइज करने की कदम-दर-कदम प्रक्रिया

- एक डिपॉजिटरी पार्टिसिपेंट (डी.पी.) के पास डीमैट खाता खुलवाएँ। डिपॉजिटरी पार्टिसिपेंट वह एजेंट है, जो डिपॉजिटरी (अर्थात् एन.एस. डी.एल./सी.डी.एस.एल.) बैंकों या बतौर डिपॉजिटरी पार्टिसिपेंट काम कर रहे ब्रोकिंग हाउस के साथ सूचनाओं का आदान-प्रदान करता है।
- डी.पी. द्वारा दिया गया डीमैटीरियलाइजेशन रिक्वेस्ट फॉर्म (डी. आर.एफ.) भरिए और इसे भौतिक शेयर सर्टिफिकेटों के साथ डिपॉजिटरी पार्टिसिपेंट के पास जमा करवा दीजिए।

- डी.पी., उन शेयर सर्टिफिकेटों की रसीद और डी.आर.एफ. पर कंपनी के रजिस्ट्रार को एक इलेक्ट्रॉनिक निवेदन भेजेगा और शेयर-ट्रांसफर एजेंट (आर.टी.ए.) डिपॉजिटरी के माध्यम से—डीमैट की पुष्टि कर देगा। प्रत्येक निवेदन की एक विशिष्ट ट्रांजेक्शन संख्या होती है, जिसे डीमैटीरियलाइजेशन रिक्वेस्ट नंबर (डी.आर.एन.) कहा जाता है।
- तब इन शेयर सर्टिफिकेटों पर 'सरेंडर्ड फॉर डीमैटीरियलाइजेशन' की मुहर लगा दी जाती है।
- कंपनी रजिस्ट्रार और शेयर ट्रांसफर एजेंट दस्तावेजों की जाँच करेंगे और तब डिपॉजिटरी को डीमैट की पुष्टि कर देंगे।
- डी.पी. इन शेयरों को आपकी ओर से डीमैटीरियलाइज प्रारूप में रखेगा और इन डीमैटीरियलाइज शेयरों के लाभकारी स्वामी आप होंगे।

नमूना डीमैटीरियलाइजेशन अनुरोध फॉर्म

सामान्य डीमैटीरियलाइजेशन या
ट्रांसमिशन एवं डीमैटीरियलाइजेशन
या ट्रांसपोजिशन एवं डेमैटीरियलाइजेशन

डिपॉजिटरी प्रतिभागी का नाम/पता

(डिपॉजिटरी प्रतिभागी द्वारा भरा जाए)

डी.आर.एन		दिनांक	ति	ति	मा	मा	व	व	व	व
डी.आर.एफ सं.		दिनांक	ति	ति	मा	मा	व	व	व	व

(बी.ओ. द्वारा भरा जाए। कृपया सभी विवरण अंग्रेजी के बड़े अक्षरों में भरें। मुक्त और लॉक्ड-इन प्रतिभूतियों के लिए अलग से डी.आर.एफ. भरें। लॉक्ड-इन प्रतिभूतियाँ हों तो विभिन्न लॉक-इन कारण/लॉक-इन समापन तारीखों के लिए अलग से डी.आर.एफ. भरें।)

मैं/हम आपसे संलग्न प्रतिभूति सर्टिफिकेट(टों) को मेरे/हमारे नाम पर मेरे/हमारे डीमैट खाते में डीमैटिरियलाइज करने का अनुरोध करते हैं।

डी.पी. आई.डी.					क्लाइंट आई.डी					
कंपनी का नाम										
आई.एस.आई.एन.	आई	एन								
डीमैटीरियलाइजेशन मात्रा	(अंकों में)									
	(शब्दों में)									
सर्टिफिकेटों की संख्या (शब्दों में)										
प्रतिभूति की प्रकृति	☐ मुक्त प्रतिभूतियाँ ☐ लॉक्ड–इन प्रतिभूतियाँ									
लॉक्ड–इन का कारण										
लॉक्ड–इन समापन तारीख	ति	ति	मा	मा	व	व	व	व		

प्रतिभूतियों का विवरण :						
प्रतिभूतियों का प्रकार	☐ इक्विटी, ☐ डिबेंचर, ☐ बॉण्ड्स, ☐ यूनिट्स, ☐ अन्य (निर्दिष्ट करें)					
प्रतिभूतियों का फेस वैल्यू						
	से	तक	से	तक	से	तक
फोलियो सं.						
सर्टिफिकेट सं.						
विशेष सं.						
मात्रा						

यदि उपरोक्त प्रारूप में स्थान पर्याप्त ना हो तो अनुलग्नक (खाता धारक(कों) द्वारा विधिवत् हस्ताक्षरित) संलग्न करें।

यहाँ मैं/हम डीमैटीरियलाइजेशन हेतु मूल सर्टिफिकेट/दस्तावेज सौंप रहे हैं, जो किसी भी तरह के धारणाधिकार या प्रभार या भार से मुक्त हैं और मेरी/हमारी सर्वोत्तम जानकारी और विश्वास में जारीकर्ता कंपनी की प्रामाणिक प्रतिभूतियों का प्रतिनिधित्व करते हैं।

	प्रथम/एकल धारक	द्वितीय धारक	तृतीय धारक
नाम			
डी.पी. सहित हस्ताक्षर			
आर.टी.ए. सहित हस्ताक्षर			

प्रतिभागी मुख्तारनामा (डी.पी से आर.टी.ए को)

हमें डीमैटीरियलाइजेशन के लिए __________ आई.एस.आई.एन. वाली उपर्युक्त प्रतिभूतियाँ प्राप्त हुई हैं। आवेदन-पत्र की डीमैटीरियलाइजेशन हेतु सौंपे गए सर्टिफिकेटों/दस्तावेजों द्वारा सत्यापित किया गया है और हम प्रमाणित करते हैं कि आवेदन-पत्र संलग्नित सर्टिफिकेटों/दस्तावेजों में उल्लेखित विवरण के अनुसार है। यह भी प्रमाणित किया जाता है कि प्रतिभूतियों के धारक(कों) का हमारे यहाँ इसी नाम(मों) और नाम(मों) के क्रम में लाभार्थी खाता है।

डिपॉजिटरी प्रतिभागी की मुहर एवं हस्ताक्षर

डी.आर.एफ. सं.			दिनांक		ति	मा	मा	व	व	व	व
डी.पी.आई.डी.					क्लाइंट आई.डी.						
प्रथम/एकल धारक का नाम											
द्वितीय संयुक्त धारक का नाम											
तृतीय संयुक्त धारक का नाम											
कंपनी का नाम											
प्रतिभूति प्रकार			☐ इक्विटी, ☐ डिबेंचर, ☐ बॉण्ड्स, ☐ यूनिट्स, ☐ अन्य (निर्दिष्ट करें)								
आई.एस.आई.एन.											
प्रतिभूति संख्या (अंकों में)											
प्रतिभूति संख्या (शब्दों में)											
सर्टिफिकेट संख्या (अंकों में)											
सर्टिफिकेट संख्या (शब्दों में)											

हम निम्न प्रतिभूतियों के डीमैटीरियलाइजेशन हेतु सर्टिफिकेटों/ दस्तावेजों की प्राप्ति की अभिस्वीकृति करते हैं, जो सत्यापन के अधीन है—

डिपॉजिटरी प्रतिभागी मुहर एवं हस्ताक्षर

डीमैट अस्वीकरण के सबसे सामान्य कारण

कई बार किसी के द्वारा डीमैटीरियलाइजेशन के लिए किया गया निवेदन निम्नलिखित में से किसी एक कारण से अस्वीकार किया जा सकता है—

1. यदि फेस वैल्यू अलग हो।
2. विलयन या किसी अन्य कारण से कंपनी का नाम बदला हो।
3. हस्ताक्षर न मिलें।
4. आर. एंड टी. को एजेंट को प्राप्त शेयरों की भौतिक संख्या डीमैट

निवेदन फॉर्म में उल्लिखित संख्या से अधिक हो।

5. झूठे सर्टिफिकेट जमा किए जाएँ।
6. यदि प्राप्त सर्टिफिकेटों के खोने/ चोरी होने की बात कही गई हो और कंप्यूटर की प्रमुख फाइलों में उन्हें रोका जाना दर्ज हो।
7. बैंक ग्रहणाधिकार या कोर्ट के आदेश द्वारा रोक लगाई गई हो।
8. यदि सर्टिफिकेट का आई.एस.आई.एन. डी.आर.एफ. में उल्लिखित से संबंधित न हो।

विशेष मामला–1

जब डीमैट खाताधारक का नाम भौतिक शेयर सर्टिफिकेट में उल्लिखित नाम से मिलान न हो।

कई बार, ग्राहक का नाम सर्टिफिकेट पर प्रदर्शित नाम से मेल नहीं खाता। इसकी वजह आद्याक्षर हो सकते हैं, जैसे नाम में कुछ आगे की जगह पीछे ज़ुड़ गया, आद्याक्षर उचित शब्दानुक्रम में नहीं लिखे गए आदि। ऐसे मामले इनके बावजूद प्रक्रियागत हो जाते हैं, यदि डीमैट रिक्वेस्ट फॉर्म (डी.आर.एफ.) पर ग्राहक के हस्ताक्षर और इश्यू जारीकर्ता/आर. एंड टी. एजेंट के पास मौजूद नमूना हस्ताक्षर का मिलान हो जाए।

उदाहरण

संभव है कि शेयरधारक ने कुमार नवनीत मधुसूदन के नाम से डीमैट खाता खोला हो, लेकिन शेयर सर्टिफिकेट पर उसका नाम के.एन. मधुसूदन या कुमार एन. मधुसूदन प्रदर्शित हो। ऐसे निवेदनों को डीमैटीरियलाइजेशन के लिए स्वीकार कर लिया जाता है, यदि डी.पी. हस्ताक्षर की पुष्टि कर दे और इसे एक जैसा स्वीकार कर ले।

विशेष मामला–2

संयुक्त खाताधारकों में किसी एक खाता सदस्य की मृत्यु होने पर जीवित

संयुक्त खाताधारक मृत व्यक्ति का नाम भौतिक सर्टिफिकेट से कटवाकर प्रतिभूतियों को डीमैटीरियलाइज करवा सकता है।

इसके लिए निम्न कदम उठाने होंगे—

डी.आर.एफ. के साथ शेयर सर्टिफिकेट और डी.पी. से सभी संबंधित दस्तावेज जमा करवाएँ, जैसे—मृत्यु-पत्र, नामित का पता और आई.डी. प्रमाण-पत्र तथा मृत व्यक्ति का नाम कटवाने के लिए ट्रांसमिशन फॉर्म। उपर्युक्त दस्तावेज मिल जाने पर डी.पी. इन्हें जारीकर्ता या उनके आर. एंड टी. एजेंट को भेज देगा।

पर्याप्त पुनरीक्षण के बाद जारीकर्ता या उनका आर. एंड टी. एजेंट नाम हटा देता है और तब डीमैटीरियलाइजेशन के निवेदन को प्रक्रियागत कर देता है।

विशेष मामला-3

मृत परिजन के भौतिक शेयर सर्टिफिकेट की डीमैट प्रक्रिया।

कई बार परिवार के सदस्यों के पास मृत व्यक्ति के भौतिक शेयर सर्टिफिकेट रह जाते हैं।

कंपनियों तक पहुँचने से पहले निम्न की जाँच कर लें—

- शेयर व्यक्ति के अकेले के नाम हैं या किसी और के साथ संयुक्त रूप में हैं?
- क्या शेयर सर्टिफिकेट में किसी का नामांकन दर्ज है?
- क्या कंपनी अभी भी अस्तित्वमान है?
- क्या कंपनी का नाम बदल गया है?
- क्या कंपनी का किसी दूसरी कंपनी में विलय हो गया है?
- क्या इसकी फेस वैल्यू में कोई परिवर्तन हुआ है?

उपर्युक्त प्राथमिक जाँच कर लेने के बाद कंपनी के रजिस्ट्रार एंड ट्रांसफर एजेंट के पास जाएँ। लिखित आवेदन-पत्र के साथ भौतिक सर्टिफिकेटों तथा मृत्यु प्रमाण-पत्र की सत्यापित प्रतिलिपि जमा करवा दें। यदि कोई संयुक्त धारक हो तो उसे भी इस निवेदन-पत्र पर हस्ताक्षर करने होंगे। नामांकन होने

पर नामांकित व्यक्ति की पहचान और पते का प्रमाण-पत्र भी साथ लगाएँ। नामांकन न होने पर वैध वारिस का वसीयत प्रोबेट या नोटरी सत्यापित विधिक वारिस प्रमाण-पत्र भी जमा करवाएँ।

सभी दस्तावेजों की जाँच करने के बाद कंपनी नए धारक (नामांकित/संयुक्त धारकों/विधिक वारिसों/वसीयतदार) के नाम भौतिक शेयर सर्टिफिकेट जारी कर देगी। इन नए सर्टिफिकेटों को डीमैटीरियलाइजेशन के लिए जमा करवाया जा सकता है।

किसी कंपनी विशेष के हस्तांतरण एजेंट को कैसे ढूँढ़ें?

पहला विकल्प

https://www.nseindia.com/corporates/corporateHome.html ?id=companyDetails

उपर्युक्त लिंक पर क्लिक करें और वहाँ उस कंपनी का नाम लिखें, जिसके बारे में आप जानकारी लेना चाहते हैं।

नोट : इंटरनेट की डायनेमिक प्रकृति के कारण संभव है कि दिया गया लिंक कार्य न भी करे।

दूसरा विकल्प

कंपनी का नाम गूगल में लिखें एवं कंपनी की वेबसाइट जानें और उनकी वेबसाइट पर जाकर 'contact us' बटन पर क्लिक करें।

डीमैटीरियलाइजेशन के लाभ

निवेशकों, ब्रोकरों और कंपनियों के लिए डीमैट प्रारूप में सौदा करना लाभकारी होता है।

डीमैट प्रणाली के बहुत से फायदे हैं—

1. यह प्रतिभूतियों को रखने का सुरक्षित और सुविधाजनक तरीका है।

2. यह प्रतिभूतियों के तुरंत हस्तांतरण सुनिश्चित करता है।
3. प्रतिभूतियों के हस्तांतरण पर स्टांप शुल्क नहीं लगता।
4. भौतिक सर्टिफिकेटों से जुड़े, गलत डिलीवरी, नकली प्रतिभूतियाँ, देरी और चोरी जैसे जोखिम समाप्त हो जाते हैं।
5. प्रतिभूतियों के हस्तांतरण से संबंधित कागजी काररवाई में बड़ी कटौती होती है; साथ ही हस्तांतरण लागत में भी बड़ी कमी आती है।
6. लॉट से संबंधित समस्याएँ नहीं होतीं; एक शेयर भी बेचा जा सकता है।
7. डी.पी. में दर्ज पता बदलने पर वह स्वत: ही उन सभी कंपनियों में दर्ज हो जाता है, जिनमें निवेशक की प्रतिभूतियाँ मौजूद हैं, जिससे प्रत्येक कंपनी के साथ अलग से संपर्क नहीं करना पड़ता।
8. कंपनियों के साथ संपर्क करने की कोई आवश्यकता नहीं होती, क्योंकि डी.पी. प्रतिभूतियों का हस्तांतरण करता है।
9. जब कॉरपोरेट गतिविधियाँ, जैसे बोनस/स्प्लिट/कॉन्सॉलिडेशन/विलय होते हैं तो वे शेयर अपने आप डीमैट खाते में जमा हो जाते हैं।
10. इक्विटी और डेब्ट इंस्ट्रूमेंट के निवेश को एक ही खाते में रखना संभव होता है।
11. डी.पी. में नामांकित की नियुक्ति आसान होती है, जिससे प्रत्येक कंपनी के साथ अलग से संवाद नहीं करना पड़ता।
12. शेयर सर्टिफिकेटों की डिलीवरी और जमा करवाने के लिए ब्रोकर के पास जाने की कोई आवश्यकता नहीं।
13. तरलता बहुत उच्च होती है।
14. भौतिक शेयरों के मुकाबले डीमैट शेयरों पर ऋण का ब्याज कम होता है।
15. शेयर डीमैटीरियलाइज हों तो व्यक्ति को इन पर कम ब्रोकरेज देनी पड़ती है।

□

6

गैर-सूचीबद्धता

गैर-सूचीबद्धता (डीलिस्टिंग) स्टॉक एक्सचेंज में सूचीबद्ध किसी कंपनी की प्रतिभूति को हटाना है। कंपनी के गैर-सूचीबद्ध हो जाने के बाद उस कंपनी की प्रतिभूतियाँ स्टॉक एक्सचेंज में ट्रेड नहीं कर सकतीं। यह कंपनी की अपनी इच्छा से भी हो सकता है और कंपनी की किसी गलती के कारण सेबी (SEBI) द्वारा बलपूर्वक लागू भी करवाया जा सकता है।

गैर-सूचीबद्धता दो तरह से की जा सकती है—

- स्वैच्छिक गैर-सूचीबद्धता (वॉलेंटरी डीलिस्टिंग)।
- अनिवार्य गैर-सूचीबद्धता (कंपल्सरी डीलिस्टिंग)।

स्वैच्छिक गैर-सूचीबद्धता

स्वैच्छिक गैर-सूचीबद्धता में यह कंपनी का अपना फैसला होता है कि वह अपनी उन प्रतिभूतियों को स्टॉक एक्सचेंज से हटाना चाहती है, जिनमें वह ट्रेड कर रही है। कंपनी के अपने आपको गैर-सूचीबद्ध करने के तीन सकारात्मक कारण हैं।

पहला कारण

कंपनी मालिक निजी समेकन द्वारा वास्तव में कंपनी को अच्छी वित्तीय परिस्थिति में ले आए हैं।

दूसरा कारण

गैर-सूचीबद्धता का एक और कारण कंपनी पुनर्गठन भी है। कंपनी विलयन या अधिग्रहण के परिणामस्वरूप अपना नाम बदल सकती है।

तीसरा कारण

कंपनियों का किसी और प्रमुख एक्सचेंज में शामिल होने का चयन।

उपर्युक्त किसी भी मामले में गैर-सूचीबद्धता का कारण चेतावनी नहीं है।

अनिवार्य गैर-सूचीबद्धता

अनिवार्य गैर-सूचीबद्धता में कंपनी की किसी गलती के कारण सेबी (SEBI) दंडस्वरूप कंपनी की प्रतिभूतियों को स्टॉक एक्सचेंज से हटा देती है।

कंपनियों के सेबी द्वारा गैर-सूचीबद्ध किए जाने के निम्नलिखित कारण होते हैं—

पहला कारण

सभी प्रमुख स्टॉक एक्सचेंजों में सूचीबद्ध कंपनियों के लिए फाइलिंग आवश्यकता बहुत सख्त है। इससे कंपनी के वित्त और लेखा में पारदर्शिता सुनिश्चित होती है। इस वित्तीय अनुपात को ध्यान में रखते हुए निवेशक खरीदने या न खरीदने का फैसला करते हैं। अपनी रिपोर्टिंग समय-सीमा से चूकने वाली कंपनियाँ गैर-सूचीबद्ध हो जाती हैं।

दूसरा कारण

एक और कारक, जो कंपनी के एक्सचेंज में सूचीबद्ध रहने के विशेषाधिकार के कायम रहने या न रहने को तय करता है, वह उसका स्टॉक प्रदर्शन है।

गैर-सूचीबद्धता का बुरा पक्ष

भारतीय प्रतिभूति और विनिमय बोर्ड (SEBI) ने जैसे नए गैर-सूचीबद्धता

मानक बनाए हैं, उनके अनुसार अनिवार्य गैर–सूचीबद्धता होने पर कंपनी को पुन: सूचीबद्ध केवल दस वर्षों बाद ही किया जा सकता है। वहीं यदि स्वैच्छिक गैर–सूचीबद्धता हो तो कंपनी अपने आपको पाँच साल बाद पुन: सूचीबद्ध करवा सकती है। कुछ साल पहले तक गैर–सूचीबद्धता और सूचीबद्धता के बीच का अंतर केवल दो साल का था, लेकिन अब कानून कड़ा कर दिया गया है।

अपवाद मामले—छोटी कंपनियाँ और अपना परिचालन बंद करनेवाली कंपनियाँ पाँच साल की अवधि के बाद अपनी आपको पुन: सूचीबद्ध करवा सकती हैं।

शेयरधारक के लिए गैर-सूचीबद्धता का क्या मतलब है और गैर-सूचीबद्ध शेयरों को प्रमोटरों को कैसे बेचें?

गैर–सूचीबद्ध हुई कंपनी में शेयरों के स्वामित्व में कोई बदलाव नहीं होता। आप अभी भी इन शेयरों को अपने पास रखकर अपना मतदान अधिकार बनाए रख सकते हैं। जब आप स्वयं अपने शेयर को गैर–सूचीबद्ध करवाते हैं तो अपने खर्चों को कम करना अच्छा कदम हो सकता है। लेकिन जब तक आपकी संचित राशि बहुत बड़ी न हो, समय और शुल्क के हिसाब से यह कदम अधिक अर्थ नहीं रखता होगा।

सेबी (SEBI) में दो निकास अवसर होते हैं, जब कंपनी गैर–सूचीबद्ध हो सकती है—

- स्वैच्छिक गैर–सूचीबद्धता में निकासी भाव रिवर्स बुक बिल्डिंग प्रक्रिया के माध्यम से तय किया जाता है। फ्लोर प्राइस की घोषणा की जाती है और शेयरधारक को इस फ्लोर प्राइस या इससे अधिक पर बोली लगानी होती है। यदि बोली से प्राप्त निकास भाव प्रमोटर को स्वीकार्य होता है तो प्रमोटर निवेशक को उस भाव पर भुगतान कर देता है और निवेशक निकास कर जाता है।
- वह निवेशक, जो रिवर्स बुक बिल्डिंग प्रक्रिया से चूक जाते हैं, उनके पास विकल्प होता है कि वे अपने शेयर गैर–सूचीबद्ध प्रक्रिया की समापन तिथि के एक वर्ष की अवधि के भीतर प्रमोटरों को बेच

सकते हैं। प्रमोटरों का दायित्व है कि वे उन शेयरों को उसी निकास भाव पर खरीदें।

उन शेयरों को कैसे बेचें, जो अब ट्रेड नहीं होते?

यदि आपके पास अतरल/गैर-सूचीबद्ध शेयर हैं, जिन्हें आप खुले बाजार में बेच नहीं पा रहे तो चिंता न करें, क्योंकि कुछ ऐसी भी कंपनियाँ/डीलर हैं, जो ऐसे शेयरों को खरीदते हैं।

ऐसी कंपनियाँ, जिनके शेयर ट्रेड न हो रहे हों, उन्हें पहचानना आसान नहीं है। भाव निकालने के लिए डीलर इंटरनेट, स्टॉक एक्सचेंज के डाटाबेस, कोर्ट, बी.आई.एफ.आर. की वेबसाइट और खुद कंपनियों से डाटा एकत्रित करता है।

हालाँकि इसमें भी जटिलता है, क्योंकि ऐसे शेयरों के लिए कोई एक्सचेंज नहीं है, इसलिए इनका भाव डीलर खुद निकालता है और यह आमतौर पर वही कारोबार करनेवाली सूचीबद्ध कंपनियों के मूल्य से 40 से 50 प्रतिशत कम होता है। इसके लिए डीलर वही पैमाना उपयोग करते हैं, जो सूचीबद्ध कंपनियों के लिए किया जाता है। हालाँकि इस बार भाव पर मोल-भाव किया जा सकता है। सामान्यत: भाव पर मोल-भाव की सीमा 10 प्रतिशत तक होती है, लेकिन यह शेयर पर भी निर्भर करता है।

कोई डीलर गैर-सूचीबद्ध शेयर क्यों खरीदेगा?

कुछ ऐसे डीलर हैं, जो गैर-सूचीबद्ध शेयर खरीदते हैं और आपको हैरत होगी कि ये डीलर इन गैर-सूचीबद्ध शेयरों को खरीदने में दिलचस्पी क्यों दिखाते हैं! ये डीलर इन शेयरों को प्रीमियम (कंपनी के खरीदे ओपन ऑफर प्राइस से अधिक) पर खरीदने की इच्छा जतानेवाले विज्ञापन देते हैं। वह इसलिए, क्योंकि संभव है कि गैर-सूचीबद्ध होने के बाद से कंपनी का मूल्य काफी बढ़

गया हो। यदि वह कंपनी फिर से सूचीबद्ध होती है तो उसके एक शेयर की कीमत उसके गैर–सूचीबद्ध होने के समय के भाव से काफी अधिक होगी।

पहला उदाहरण

ओ.एम.डी.सी. (ओडिशा मिनरल्स डेवलपमेंट कंपनी) भारत की सबसे पुरानी लौह अयस्क खनन कंपनियों में से एक है और जिस दौरान यह कलकत्ता स्टॉक एक्सचेंज में सूचीबद्ध हुई थी, उस दौरान इसका शेयर 2.50 रुपए प्रति शेयर पर उपलब्ध था। चूँकि यह एक्सचेंज काम नहीं कर रहा, यह शेयर अतरल ही रहा।

अगस्त 2010 में यह बॉम्बे स्टॉक एक्सचेंज (बी.एस.ई.) में सूचीबद्ध हो गया। इसका भाव शानदार 20,475 रुपए प्रति शेयर हो गया।

वर्ष 2010 में शेयर बढ़कर 92,200 रुपए हो गया। हालाँकि इस पूरे समय कंपनी कलकत्ता स्टॉक एक्सचेंज में सूचीबद्ध रही, लेकिन मार्जिन आवश्यकताओं के लिए कठिन हालात होने के कारण यह ट्रेड नहीं हो सका। स्टॉक सक्रिय रूप से ट्रेड होना तब आरंभ हुआ, जब यह बी.एस.ई. में सूचीबद्ध हो गया।

दूसरा उदाहरण

पिलानी इन्वेस्टमेंट एंड इंडस्ट्रीज कॉरपोरेशन बी.के. बिरला ग्रुप का निवेश भाग है। यह शेयर मध्य प्रदेश स्टॉक एक्सचेंज में सूचीबद्ध था, जहाँ यह शायद ही कभी तरल हुआ। 26 अक्तूबर, 2011 को यह बी.एस.ई. और एन.एस.ई. में सूचीबद्ध हुआ। शुरुआत में ही इसने दिन भर में 2,535 रुपए को छू लिया। ऑफ–मार्केट सौदों में यह 1,500 रुपए प्रति शेयर पर बिक रहा था।

पिलानी इन्वेस्टमेंट क्षेत्रीय एक्सचेंजों में सूचीबद्ध था। चूँकि यह एक्सचेंज काम नहीं करती थीं तो यह शेयर तब तक अतरल रहा, जब तक यह बी.एस.ई. और एन.एस.ई. में सूचीबद्ध नहीं हो गया।

निष्कर्ष

- डीलर्स परिवर्तनशील गैर-सूचीबद्ध शेयरों को खरीदने में अधिक रुचि दिखाते हैं।
- इनमें मुनाफा आकर्षक हो सकता है, लेकिन नुकसान भी उतना ही हानिकारक होगा।

निम्नांकित लिंक पर जाकर गैर-सूचीबद्ध कंपनियों की सूची देखी जा सकती है—

http://www.bseindia.com/corporates/Delist Comp.
aspx ?expandable=1

http://www.smctradeonline.com/company-delistedshares.
Aspx

डिस्क्लेमर : इंटरनेट की डायनेमिक प्रकृति के कारण यहाँ दिए लिंकों में परिवर्तन या इनका वैध न होना संभव है।

□

7

एच.यू.एफ. (हिंदू अविभाजित परिवार) : कर बचाने का कम ज्ञात साधन

एच.यू.एफ. (हिंदू अविभाजित परिवार)

ऐसा कोई भी व्यक्ति, जो हिंदू पर्सनल लॉ के तहत आता हो, वह एच.यू.एफ. खाता खोला सकता है। इसका मतलब हुआ कि जैन व सिखों के अलावा दूसरे धर्मों के लोगों को एच.यू.एफ. खाता खोलने की अनुमति नहीं होती। अपवादस्वरूप जैन व सिखों को एच.यू.एफ. खाता खोलने की अनुमति है, जबकि वे हिंदू लॉ के तहत नहीं आते। कोई भी विवाहित हिंदू व्यक्ति एच.यू.एफ. खाता खोलने के लिए पात्र है।

व्यक्ति अपनी कर योग्य आय को अपने व अपने एच.यू.एफ. के बीच बाँट सकता है; यानी वह दोनों पैन में कटौती और व्यय के लाभ का दावा कर सकता है, जिससे उसकी संपूर्ण टैक्स देयता काफी हद तक कम हो जाती है।

एच.यू.एफ. के सदस्य

एक अकेला व्यक्ति एच.यू.एफ. खाता नहीं खोल सकता, इसे एक परिवार ही खोल सकता है। एच.यू.एफ. में निम्न व्यक्ति शामिल होते हैं—

कर्ता

एच.यू.एफ. का कर्ता परिवार का सबसे वरिष्ठ सदस्य होता है। सभी

अधिकार कर्ता के हाथ में होते हैं (आमतौर पर यह दायित्व पिता लेते हैं)। वे परिवार की ओर से सब निर्णय लेते हैं। सभी बैंक कार्यों के लिए कर्ता के हस्ताक्षर सहित मुहर आवश्यक है।

हमवारिस (कोपरसेनेसर)

हमवारिस वह व्यक्ति है, जिसको जन्म से ही विरासती संपत्ति में अधिकार प्राप्त होता है और वह व्यक्ति, जिसका एच.यू.एफ. संपत्ति में बँटवारे की माँग का अधिकार हो। एच.यू.एफ. के सभी सदस्य इसके हमवारिस होते हैं—पुत्र, पुत्रियाँ, पोते और पड़पोते हमवारिस हो सकते हैं।

एच.यू.एफ. का निर्माण कैसे करें?

यह आवश्यक नहीं है कि एच.यू.एफ. का निर्माण विवाह के दिन ही कर लिया जाए। इसे भविष्य में किसी भी समय निर्मित किया जा सकता है। यह कठिन कार्य नहीं है।

एच.यू.एफ. के निर्माण में तीन चीजों की आवश्यकता होती है—

1. एच.यू.एफ. डीडी।
2. एच.यू.एफ. पैन कार्ड (आवश्यक)।
3. एच.यू.एफ. बैंक खाता (आवश्यक)।

एच.यू.एफ. डीड

एच.यू.एफ. डीड स्टांप पेपर पर लिखित औपचारिक दस्तावेज है, जिसकी शुरुआत कर्ता के नाम से होती है और इसमें एच.यू.एफ. के हमवारिसों का नाम होता है।

यह एक घोषणा है, जिनमें निम्न शामिल हैं—

1. कर्ता के पास सभी सदस्यों की ओर से एच.यू.एफ. खाते की सभी ट्रांजेक्शंस का अधिकार होता है।
2. एच.यू.एफ. डीड में एच.यू.एफ. के सभी सदस्यों के नाम होते हैं।

एच.यू.एफ. का नाम आमतौर पर कर्ता का नाम होता है, जिसके पीछे 'एच.यू.एफ.' शब्द जुड़ा होता है। उदाहरण के लिए, यदि एच.यू.एफ. का कर्ता कुमार है, तो उनके एच.यू.एफ. खाते का नाम 'कुमार एच.यू.एफ.' होगा।

एच.यू.एफ. डीड का निर्माण आवश्यक नहीं है; पैन कार्ड और बैंक खाता बिना एच.यू.एफ. डीड के भी खोला जा सकता है, लेकिन एक लिखित दस्तावेज होना अच्छा रहता है।

एच.यू.एफ. पैन कार्ड

चूँकि एच.यू.एफ. एक पृथक् इकाई है, जिसके लिए अलग पैन कार्ड की आवश्यकता होती है। एच.यू.एफ. पैन कार्ड के लिए आवेदन ऑनलाइन के साथ-ही-साथ व्यक्तिगत रूप से भी किया जा सकता है।

एच.यू.एफ. पैन कार्ड के लिए ऑनलाइन आवेदन नीचे उल्लिखित लिंक से किया जा सकता है—https://www.onlineservices.nsdl.com/paam/endUserRegisterContact.html

पैन कार्ड आवेदन-पत्र पर कर्ता का हस्ताक्षर होना आवश्यक है।

एच.यू.एफ. बैंक खाता

एच.यू.एफ. बैंक खाता किसी भी बैंक में खोला जा सकता है। एच.यू.एफ. बैंक खाता खोलने के लिए एच.यू.एफ. की रबर स्टांप की भी आवश्यकता होगी, क्योंकि आवेदन-पत्र पर मुहर के साथ हस्ताक्षर की आवश्यकता होती है। इसके अलावा, कर्ता का निवास प्रमाण-पत्र और पहचान प्रमाण-पत्र जमा करवाना भी आवश्यक होगा।

एक बार जब एच.यू.एफ. डीड, एच.यू.एफ. पैन कार्ड और एच.यू.एफ. बैंक खाता तैयार हो जाते हैं तो व्यक्ति एच.यू.एफ. के नाम से भुगतान स्वीकार करना आरंभ कर सकता है।

एच.यू.एफ. पूँजी निर्माण कैसे करें?

एच.यू.एफ. में पूँजी निर्माण बहुत तरीकों से किया जा सकता है। एच.यू.एफ. पूँजी निर्माण करने की एक सबसे प्रभावशाली और लोकप्रिय पद्धति कर रहित उपहार प्राप्त करना है। एक सी.ए. की सलाह के अनुसार, एच.यू.एफ. निर्माण के निम्नलिखित तरीके हो सकते हैं—

1. एच.यू.एफ. के सदस्यों के परिजनों से प्राप्त उपहार। आय कर अधिनियम के सेक्शन 56(ii) के अनुसार, एच.यू.एफ. सदस्यों के परिजनों से प्राप्त उपहार पूरी तरह से कर-मुक्त हैं।
2. एच.यू.एफ. के किसी भी सदस्य के विवाह के समय प्राप्त उपहार आय कर उगाही से पूर्णतः मुक्त हैं।
3. पूँजी निर्माण के लिए किसी भी पैतृक संपत्ति को एच.यू.एफ. में परिवर्तित किया जा सकता है।
4. दूसरे लोगों से मिले 50,000 रुपए से कम के उपहार। यदि एक वित्त वर्ष के दौरान दूसरे लोगों से प्राप्त उपहारों का मूल्य 50,000 रुपए से कम है, तो यह राशि कर से पूरी तरह मुक्त है। याद रखिए, परिवार के सदस्यों द्वारा उपहार लेने की कोई सीमा तय नहीं की गई है।

एच.यू.एफ. के तहत दरशाए जाने की अनुमति प्राप्त विभिन्न आय स्रोत

एच.यू.एफ. किसी भी स्रोत से कमाई कर सकती है (सिवाय वेतन के) और इस तरह से अर्जित आय द्वारा एच.यू.एफ. के लिए अधिक पूँजी निर्माण में मदद मिलेगी। एच.यू.एफ. के लिए आय के स्रोत निम्नलिखित हैं—

1. कारोबार से आय।
2. शेयरों और म्यूचुअल फंड्स में निवेश करके।
3. किराए से आय।
4. फिक्स्ड डिपॉजिट से अर्जित ब्याज।
5. जायदाद की खरीद-फरोख्त द्वारा।

एच.यू.एफ. खाते पर लाभ

एक परिवार निम्नलिखित विभिन्न कर लाभ हासिल कर सकता है—

1. एच.यू.एफ. खाते पर सेक्शन 80 सी के तहत कर में छूट व कटौती हासिल की जा सकती है।
2. एच.यू.एफ. में एकत्रित धनराशि को इसके सदस्यों के लिए जीवन बीमा पॉलिसियाँ लेने में उपयोग किया जा सकता है।
3. एच.यू.एफ. अपने सदस्य को वेतन भुगतान कर सकता है, यदि वह पारिवारिक व्यवसाय में हाथ बँटाता हो। वेतन के रूप में किए गए इस खर्च को एच.यू.एफ. की आय में से घटाया जा सकता है।
4. एच.यू.एफ. की आय से निवेश भी किया जा सकता है; उदाहरण के लिए, व्यक्ति एक एच.यू.एफ. के तहत डीमैट खाता तक खुलवा सकता है और इक्विटी में निवेश करना आरंभ कर सकता है।
5. एच.यू.एफ. सदस्यों के परिचितों से मिले उपहारों को टैक्स उगाही से छूट प्राप्त है।

एच.यू.एफ. बनाकर टैक्स कैसे बचाएँ

एच.यू.एफ. बनाने के पीछे का तर्क टैक्स बचाना है और एक अतिरिक्त पैन कार्ड से मिलनेवाले फायदों को हासिल करना है।

यह उदाहरण दरशाता है कि एच.यू.एफ. पैन की सहायता से किस तरह टैक्स बचाएँ—

उदाहरण

एक परिवार का उदाहरण लीजिए, जिसमें पति, पत्नी और उनका पुत्र है। पति की आय 30 लाख रुपए और पत्नी की आय 20 लाख रुपए है। इसके अलावा, उनके पास एक पैतृक संपत्ति है, जिससे वे प्रतिवर्ष 9 लाख रुपए किराया अर्जित करते हैं। यदि उनके पास एच.यू.एफ. न हो तो संपत्ति से प्राप्त यह आय या तो पति अथवा पत्नी या दोनों के मद में टैक्स योग्य होगी।

यदि पति के टैक्स में जुड़े

चूँकि उसकी अपनी आय 30 लाख रुपए है तो वह 30 प्रतिशत के आय कर स्लैब के तहत आता है और उसे किराए से प्राप्त आय पर 30 प्रतिशत टैक्स देना होगा, अर्थात् 9 लाख रुपए पर 2.7 लाख रुपए टैक्स।

यदि पत्नी के टैक्स में जुड़े

चूँकि इनकी अपनी आय 20 लाख रुपए है, इसलिए यह भी 30 प्रतिशत आय कर स्लैब में आएँगी और इन्हें किराए से प्राप्त आमदनी 9 लाख रुपए पर 30 प्रतिशत टैक्स अर्थात् 2.7 लाख रुपए टैक्स देना होगा।

यदि पति और पत्नी दोनों के टैक्स में जुड़े

यदि दोनों को किराए की आमदनी के तौर पर 4.5 लाख रुपए मिलें, तो पति व पत्नी दोनों को 4.5 लाख रुपए का 30 प्रतिशत टैक्स चुकाना होगा। इसका मतलब हुआ कि दोनों को टैक्स में 1.35 लाख रुपए देने होंगे। अत: किराए से आमदनी के कुल टैक्स के रूप में उन्हें 2.70 लाख रुपए देने होंगे।

यदि एच.यू.एफ. के तहत टैक्स लगे

यदि यह 9 लाख रुपए की किराए से आमदनी एच.यू.एफ. की मद में आए, तो इस पर देय टैक्स केवल 90,000 रुपए होगा; क्योंकि कुल आय 10 लाख रुपए से नीचे है—यहाँ 10 प्रतिशत आय कर स्लैब श्रेणी लागू होगी।

इस तरह यह प्रत्यक्ष हो जाता है कि पारिवारिक किराए से आमदनी को एच.यू.एफ. के कराधीन करने पर 1,80,000 प्रति वर्ष की कर बचत होती है (2,70,000 रुपए—90,000 रुपए)।

एच.यू.एफ. से संबंधित अन्य प्रासंगिक बिंदु

1. एच.यू.एफ. को किसी भी व्यक्ति की तरह प्रतिवर्ष आय कर रिटर्न फाइल करनी होती है।
2. एच.यू.एफ. के लिए निर्धारण वर्ष की आय कर रिटर्न फाइल करने की तय तारीख आमतौर पर 31 जुलाई है। हालाँकि टैक्स ऑडिट के मामले की रिटर्न फाइल करने की तय तारीख 30 सितंबर है।
3. एच.यू.एफ. कर्ता के पास अपने सभी पारिवारिक सदस्यों की ओर से सभी दस्तावेजों पर हस्ताक्षर करने की शक्ति होती है। हालाँकि वह किसी और वयस्क सदस्य को इस शक्ति की अनुमति प्रदान कर सकता है।
4. गोद ली गई संतान भी एच.यू.एफ. का सदस्य बन सकती है, लेकिन वह हमवारिस नहीं बन सकती। सदस्य और हमवारिस के बीच अंतर यह है कि सदस्य एच.यू.एफ. में बँटवारे की माँग नहीं कर सकता।
5. एच.यू.एफ. को संपूर्ण भारत में मान्यता प्राप्त है, सिवाय केरल के।
6. एच.यू.एफ. के निर्माण के लिए व्यक्ति का विवाहित होना आवश्यक है, लेकिन संतान होना आवश्यक नहीं है।
7. कोई अन्य व्यक्ति एच.यू.एफ. को उपहार दे सकता है, लेकिन 50,000 रुपए से अधिक नहीं।
8. पुत्रियाँ अपने पति के एच.यू.एफ. में रहते हुए पैतृक परिवार के एच.यू.एफ. में हमवारिस रह सकती हैं; इस तरह पुत्रियाँ दो एच.यू.एफ. में हमवारिस हो सकती हैं।
9. एच.यू.एफ. बचत पूँजी से एच.यू.एफ. डीमैट खाता खोला जा सकता है, जिसे वह इक्विटी में ट्रेड और निवेश में उपयोग कर सकता है।
10. आई.पी.ओ. के लिए आवेदन के दौरान व्यक्ति अपने निजी पैन (PAN) के साथ-ही-साथ एच.यू.एफ. पैन का भी उपयोग कर सकता है। इससे शेयर आवंटन की संभावना बढ़ जाती है।

एच.यू.एफ. खाते के नुकसान

1. कोई भी साझा संपत्ति बिना सभी सदस्यों की सहमति के नहीं बेची जा सकती। हिंदू अविभाजित परिवार में परिवार के सभी सदस्यों का संपत्ति में अधिकार होता है (इनमें माँ के गर्भ में मौजूद अजन्मा बच्चा भी शामिल है)। एच.यू.एफ. का आकार इतना बड़ा भी हो सकता है कि उसे सँभाला न जा सके।
2. एच.यू.एफ. खाता खोलना बहुत आसान है, लेकिन इसे बंद करना कठिन है। एच.यू.एफ. के विघटन का केवल एक तरीका—बँटवारा है। सभी लोगों की एच.यू.एफ. के विघटन के लिए सहमति होनी चाहिए। बँटवारे के तहत संपत्ति सदस्यों के बीच वितरित की जाती है, जो बहुत से विवादों और कानूनी मुद्दों की ओर ले जाती है।
3. तलाक दर लगातार बढ़ रही है, इसलिए एच.यू.एफ. वह टैक्स वाहन है, जो अपना महत्त्व खोता जा रहा है।
4. एक बार जब एच.यू.एफ. बन जाता है तो आपको इसका टैक्स रिटर्न तब तक फाइल करते रहना पड़ता है, जब तक बँटवारा नहीं हो जाता।

निष्कर्ष

याद रखिए, जो पैसा बचाया, वो पैसा कमाया। एच.यू.एफ. परिवार के लिए एक अतिरिक्त पैन कार्ड हासिल करके टैक्स बचाने का वैध तरीका है।

एच.यू.एफ. उनके लिए फायदेमंद है, जिनकी कमाई और पैतृक संपत्ति काफी अधिक हो। हालाँकि एच.यू.एफ. बतौर परिवार टैक्स बचाने का आदर्श तरीका प्रतीत होता है, लेकिन इसकी भी अपनी सीमाएँ और कमियाँ हैं। एच.यू. एफ. को चुनने से पहले सी.ए. की सलाह लें।

□

8

दिग्गजों के प्रसिद्ध उद्धरण

वॉरेन बफे के उद्धरण

- यदि आप सोते समय पैसा कमाने का तरीका नहीं खोज सके तो आपको मरते दम तक काम करना होगा।
- समय एक शानदार कंपनी का दोस्त है तो एक औसत कंपनी का दुश्मन।
- आज कोई साये में बैठा है, क्योंकि बहुत पहले किसी ने यह पेड़ लगाया था।
- बाजार में सक्रिय रहकर ट्रेड करनेवाले को निवेशक कहना कुछ ऐसा है, जैसे एक रात के संबंध बनाते रहनेवाले को रोमांटिक कहना।
- सफल निवेश के लिए समय, अनुशासन और धैर्य चाहिए होता है। भले ही प्रतिभा और प्रयास कितने अधिक क्यों न हों, कुछ चीजों में समय लगता है। आप नौ महिलाओं को गर्भवती कर एक ही महीने में बच्चे को जन्म नहीं दे सकते।
- अवसर बार-बार नहीं आते। स्वर्ण की वर्षा हो तो बाहर बालटी रखें, न कि थिंबल।
- यह जरूरी नहीं है कि असाधारण परिणामों के लिए असाधारण चीजें की जाएँ।
- यह कहीं अच्छा है कि शानदार कंपनी को सही भाव पर खरीदा

जाए, बजाय इसके कि सही कंपनी को शानदार भाव पर खरीदें।

- अधिकांश लोगों की शेयरों में दिलचस्पी तभी जागती है, जब बाकी लोग ऐसा कर रहे होते हैं। इसमें दिलचस्पी लेने का सही समय तब है, जब और कोई ऐसा न कर रहा हो। आप ऐसा कुछ नहीं खरीद सकते, जो लोकप्रिय हो और अच्छा प्रदर्शन कर रहा हो।
- जब बाकी लोग लालच करें, तब डरना चाहिए और जब बाकी लोग डरे हुए हों, तब लालच करें।
- जब आप गड्ढे में हों तो सबसे जरूरी यह है कि खुदाई बंद कर दें।
- जोखिम तब होता है, जब आपको यह न पता हो कि आप क्या कर रहे हैं!
- पहला नियम—पैसा न गँवाएँ; दूसरा नियम—पहले नियम को न भूलें।
- ज्वार उतरने पर ही आपको पता चलता है कि कौन नग्न होकर तैराकी कर रहा है।
- खर्चे के बाद शेष रकम को बचत न बनाएँ, बल्कि बचत के बाद जो शेष हो, उसे खर्च करें।
- यदि आप गैर-जरूरी चीजें खरीदते रहेंगे तो जल्द ही आपको वे चीजें बेचनी होंगी, जो आपके लिए जरूरी हैं।
- आदत की बेड़ियाँ तब तक हलकी लगती हैं, जब तक उन्हें तोड़ना भारी न हो जाए।
- आपका सबसे महत्त्वपूर्ण निवेश वह है, जो आप स्वयं पर करते हैं।
- सफल लोगों और सचमुच सफल लोगों के बीच यही अंतर है कि सचमुच सफल लोग लगभग सभी चीजों को इनकार करते हैं।
- अपने से बेहतर लोगों के साथ रहना अच्छा है। ऐसे साथियों को चुनें, जिनका स्वभाव आपसे बेहतर हो और आप भी उस दिशा में बहने लगेंगे।
- आपके आदर्श कौन हैं, मुझे बताइए, और मैं बता दूँगा कि आप

आगे कैसे बनने वाले हैं!

- साख बनाने में बीस साल लग जाते हैं और बिगड़ने में पाँच मिनट। यदि आप इस पर विचार करेंगे तो चीजों को अलग तरह से करेंगे।
- ईमानदारी बेहद महँगा उपहार है। इसकी उम्मीद छोटे लोगों से न लगाएँ।
- भविष्यवाणियाँ आपको शायद भविष्यवक्ता के बारे में बहुत कुछ बता सकें, लेकिन भविष्य के बारे में कुछ नहीं बतातीं।
- यदि पैसों का खेल खेलने के लिए पिछला इतिहास एकमात्र जरूरत है तो लाइब्रेरियन सबसे अमीर व्यक्ति होता।
- बुद्धिमान लोग जो शुरू में करते हैं, मूर्ख वह अंत में करते हैं।
- खेल वे खिलाड़ी जीतते हैं, जिनका ध्यान खेल के मैदान पर हो, न कि वे लोग, जिनकी आँखें स्कोर बोर्ड से चिपकी रहें।
- मुसीबत से बचे रहना मुसीबत से निकलने से ज्यादा आसान होता है।
- वॉल स्ट्रीट वह इकलौता स्थान है, जहाँ लोग रॉल्सरॉयस में बैठकर उन लोगों से सलाह लेने आते हैं, जो सब-वे लिया करते हैं।
- वॉल स्ट्रीट अपना पैसा सक्रियता से कमाता है और आप अपना पैसा निष्क्रियता से कमाते हैं।
- भाव आप चुकाते हैं, मूल्य आपको प्राप्त होता है।
- जीतने के लिए वह पहली चीज, जो आपको करनी है कि हारें नहीं।
- कलमवाले बंदूकवालों से कहीं बड़ी चोरी करते हैं।
- शेयर बाजार पैसे को धैर्यहीन से धैर्यवान् तक पहुँचाने का साधन है।

राकेश झुनझुनवाला के उद्धरण

- अगर आप अपनी भावनाओं पर काबू नहीं पा सकते तो पैसों को भी काबू नहीं कर सकते।
- बाजार महिलाओं के जैसे हैं—हमेशा रहस्यमय, हमेशा प्रभावशाली, हमेशा अनिश्चित और बदलते रहनेवाले।

- निकास को स्वतंत्र निर्णय बनाएँ, न कि नफा नुकसान-चालित।
- विश्वास को दृढ़ बनाएँ। धैर्य रखें। परीक्षा आपके धैर्य की होगी, लेकिन पुरस्कार दृढ़ता को मिलेगा।
- मैंने प्रेस और पत्नियों के बारे में दो चीजें सीखी हैं। वे कुछ भी कहें, कोई प्रतिक्रिया मत दो।
- अपने हाथ में नकद पैसा रखें, ताकि जब अवसर आएँ तो उन्हें पकड़ सकें।
- अपने निवेश को परिपक्व होने का समय दें। दुनिया के आपके नगीनों को पहचानने तक धैर्य बनाए रखें।
- ट्रेडिंग का नियम है—कभी भी एवरेज न करें।
- नुकसान के लिए तैयार रहें। नुकसान शेयर बाजार निवेशक के जीवन का अभिन्न अंग है।
- यदि कोई अवसर दिखाई दे रहा है तो उसे आज ही पकड़ लें।
- अपनी गलतियों से सीखें। नुकसान उठाना सीखें।
- हमेशा लहरों के विपरीत रहें। खरीदें तब, जब बाकी लोग बेच रहे हों और बेचें तब, जब बाकी लोग खरीद रहे हों।

पीटर लिंच के उद्धरण

- हर शेयर के पीछे एक कंपनी होती है। पता करें कि वह क्या कर रही है?
- शेयर का स्वामित्व बच्चे होने जैसा है। ये उससे ज्यादा नहीं होने चाहिए, जितने आप सँभाल सकते हों।
- यदि आपको ऐसी कंपनी न मिले, जिसे आप आकर्षक मानें तो अपने पैसों को तब तक बैंक में रहने दें, जब तक वह आपको मिल नहीं जाती।
- ऐसे किसी विचार में निवेश न करें, जिसे आप चित्रित न कर सकें।
- यदि एक तसवीर हजार शब्दों का मोल रखती है तो व्यापार में

संख्याओं का यही काम है।

- यह जितना आसान होगा, मेरे लिए उतना ही अच्छा है।
- जन्मजात निवेशक एक मिथक है।

बेंजामिन ग्राहम के उद्धरण

- लघु-अवधि में बाजार वोटिंग मशीन जैसा है, लेकिन दीर्घावधि में यह वजन की मशीन जैसा है।
- निवेश सरल होता है, लेकिन आसान नहीं होता।
- एक अच्छी कंपनी अच्छा निवेश तब नहीं होती, जब आपने इस शेयर के लिए काफी भुगतान किया हो।

ब्रायन ट्रेसी के उद्धरण

- काम के समय गुणवत्ता मायने रखती है और घरेलू मामलों में मात्रा का महत्त्व है।
- देर तक सोचने से त्वरित निर्णय लेने में सुधार होता है।
- छह P फॉर्मूला—प्रॉपर, प्रायर, प्लानिंग, प्रीवेंट्स, पूअर, परफॉर्मेंस (पहले की तैयारी खराब प्रदर्शन से बचाती है)।
- योजना बनाना भविष्य को वर्तमान में लाना है, जिससे आप इस बारे में अभी कुछ कर सकें।

फिलिप फिशर के उद्धरण

- भविष्य कथन करना, जैसे काँच को स्वर्ण में परिवर्तित करने का प्रयास है।
- यदि किसी निवेशक ने सबसे कम पर खरीदा है तो यह नसीब के अलावा और कुछ नहीं हो सकता।
- सही ढंग से न किया जाए तो कुछ करने का कोई मायने नहीं है।
- यदि आप किसी काम को दूसरों से बेहतर ढंग से नहीं कर सकते तो

उसे बिल्कुल न करें।

- भीड़ का अनुसरण न करें।
- जो कंपनियाँ चढ़ने में असफल रहती हैं, उनका नीचे गिरना तय है।
- एक मूर्ख और बुद्धिमान के बीच सबसे बड़ा अंतर यह है कि बुद्धिमान अपनी गलतियों से सीखता है, जबकि मूर्ख ऐसा कभी नहीं करता।

स्टीफन कोवे के उद्धरण

- यदि सीढ़ी सही दीवार पर न लगी हो तो हमारा उठाया प्रत्येक कदम हमें और तेजी से गलत दिशा में ले जाएगा।
- जानते हुए न करना, वास्तव में न जानना है।
- बड़ी बात अपनी योजना में प्राथमिकता तय करना नहीं, बल्कि अपनी प्राथमिकताओं को योजनाबद्ध करना है।
- किसी गलती के प्रति सक्रिय दृष्टिकोण उसे तुरंत पहचानना, सुधारना और उससे सीख लेना है।
- यदि हम वही करते रहें, जो करते आ रहे हैं तो हमें वही मिलता रहेगा, जो मिलता आया है।
- व्यापार में यदि कोई चीज निश्चित है तो वह अनिश्चितता है।

पठन सुझाव

प्रत्येक निवेशक को पढ़ने की आदत विकसित करनी चाहिए। निवेश पर कुछ पढ़ने योग्य अच्छी पुस्तकें निम्नलिखित हैं—

- कॉमन स्टॉक्स एंड अनकॉमन प्रॉफिट्स—ले. फिलफिशर।
- दि अनयूजुअल बिलेनियर्स—ले. सौरभ मुखर्जिया।
- द वॉरेन बफे पोर्टफोलियो : मास्टरिंग द पॉवर ऑफ द फोकस इन्वेस्टमेंट स्ट्रेटेजी—ले. रॉबर्ट हैगस्ट्रॉम।
- सिक्योरिटी एनालिसिस—ले. ग्राहम एवं डॉड।

- दि इंटेलिजेंट इन्वेस्टर—ले. बेंजामिन ग्राहम।
- टैपडांसिंग टू वर्क—ले. कैरोल जे. लूमिस।

संदर्भ वेबसाइट सुझाव

www.moneycontrol.com
www.myiris.com
www.financialexpress.com
www.hindubusinessline.com
www.capitalideasonline.com
www.nseindia.com
www.bseindia.com
www.msei.in

□

स्टॉक मार्केट शब्दावली

बिड (बोली)—क्रय भाव को 'बिड प्राइस' कहा जाता है।

ऑफर—विक्रय भाव को 'ऑफर प्राइस' कहा जाता है।

बिड क्वांटिटी—क्रय के लिए मौजूद कुल शेयर संख्या को 'बिड क्वांटिटी' कहा जाता है।

ऑफर क्वांटिटी—विक्रय के लिए मौजूद कुल शेयर संख्या को 'ऑफर क्वांटिटी' कहा जाता है।

शॉर्ट सेलिंग—पहले बेचने और उसके बाद खरीदने को 'शॉर्ट सेल' कहते हैं।

लिमिट ऑर्डर—'लिमिट ऑर्डर' में क्रय और विक्रय भाव उल्लेखित होते हैं और जब शेयर के भाव इस उल्लिखित भाव तक पहुँचते हैं, ऑर्डर निष्पादित कर दिया जाता है।

मार्केट ऑर्डर—जब आप बाजार भाव पर क्रय व विक्रय का ऑर्डर देते हैं तो 'मार्केट ऑर्डर' तुरंत ही मौजूदा उपलब्ध भाव पर निष्पादित हो जाता है।

स्टॉप लॉस ऑर्डर—'स्टॉप लॉस ऑर्डर' का उपयोग शेयर बाजार में नुकसान को रोकने या सीमित करने में किया जाता है। 'स्टॉप लॉस ऑर्डर' शेयर के मौजूदा बाजार भाव के नीचे लगाया जाता है, जिससे बाय पोजीशन में नुकसान को रोका जा सके और 'शॉर्ट सेल पोजीशन' में नुकसान को रोकने के लिए इसे मौजूदा बाजार भाव से ऊपर लगाया जाता है।

बुल फेज—जब बाजार लगातार चढ़ रहा हो तो इसे 'बुल फेज' (तेजी का दौर) कहा जाता है।

बीयर फेज—जब बाजार लगातार गिर रहा हो तो इसे 'बीयर फेज' (मंदी का दौर) कहा जाता है।

पेनी स्टॉक—शेयर का भाव 1 रुपए से कम होने को 'पेनी स्टॉक' कहा जाता है।

लार्ज कैप स्टॉक्स—उन कंपनियों के शेयर, जिनकी बाजार पूँजी 1,000 करोड़ रुपए से अधिक होती है, उन्हें 'लार्ज कैप स्टॉक्स' कहा जाता है।

मिड कैप स्टॉक्स—उन कंपनियों के शेयर, जिनकी बाजार पूँजी 100 करोड़ रुपए से लेकर 1,000 करोड़ रुपए के बीच होती है, उन्हें 'मिड कैप स्टॉक्स' कहा जाता है।

स्माल कैप स्टॉक्स—उन कंपनियों के शेयर, जिनकी बाजार पूँजी 100 करोड़ रुपए से अधिक होती है, उन्हें 'स्माल कैप स्टॉक्स' कहा जाता है।

अपर सर्किट—जब सूचकांक या शेयर अपनी स्थिर सीमा से अधिक चढ़ जाए, तब एक्सचेंज उस शेयर या सूचकांक के लिए 'अपर सर्किट' लगा देता है। तब बाजार के शांत होने तक के कुछ समय के लिए ट्रेडिंग रोक दी जाती है। 'अपर सर्किट' एक सिस्टम लॉक है, जिसका उपयोग शेयर बाजार में अधिक स्पेक्युलेशन को रोकने में किया जाता है और जिसे स्टॉक एक्सचेंज लागू करता है।

लोअर सर्किट—जब सूचकांक या शेयर स्थिर सीमा से अधिक नीचे गिर जाते हैं, तब एक्सचेंज उस शेयर या सूचकांक के लिए 'लोअर सर्किट' लगा देता है।

दि इंटरनेशनल सिक्योरिटीज आइडेंटिफिकेशन नंबरिंग (आई.एस.आई. एन.) : 'आई.एस.आई.एन.' में बारह अक्षरांकीय वर्ण होते हैं और इस आई.एस.आई.एन. का एकमात्र उद्देश्य प्रतिभूतियों को संख्या देना होता है।

पहले दो अंक मूल राष्ट्र को प्रकट करते हैं; अगले नौ अक्षर प्रतिभूति

के विशिष्ट पहचान अंक के लिए आरक्षित हैं; अंतिम अंक को 'चेक डिजिट' कहा जाता है, जो कोड की प्रामाणिकता को सुनिश्चित करता है और त्रुटियों से बचाता है।

उदाहरण

रिलायंस इंडस्ट्रीज लि. का आई.एस.आई.एन. है—IN E002A0101 8

IN—इंडिया

E—कंपनी

002A—कंपनी क्रमांक संख्या

01- इक्विटी

01- इश्यू संख्या

8- चेक डिजिट।

मार्केट कैपिटलाइजेशन (बाजार पूँजीकरण)—कंपनी के मूल्य की गणना करने के लिए इसकी कुल शेयर संख्या को मौजूदा शेयर भाव से गुणा किया जाता है।

डेब्ट-टू-इक्विटी रेशियो—यह किसी भी कारोबार की अपने शेयरधारकों की इक्विटी की कुल देयताओं का अनुपात होता है। सरल भाषा में कहें तो यह लेनदारों के पूँजी योगदान और शेयरधारकों के पूँजी योगदान के बीच का अनुपात है।

'प्राइस टू अर्निंग रेशियो' बताता है कि कोई शेयर कितना सस्ता या महँगा है; दूसरे शब्दों में, वे कितने गुना उपार्जन भुगतान करने को तैयार हैं। इसे कंपनी की कुल देयताओं को इसके शेयरधारकों की इक्विटी से भाग देकर निकाला जाता है।

प्राइस टू सेल रेशियो—'पी/एस रेशियो' कंपनी में शेयरों के भाव की इसकी आय की जगह इसकी वार्षिक बिक्री के आधार पर गणना होती है। यह अधिक विश्वसनीय अनुपात है, क्योंकि आय के मुकाबले बिक्री में हेर-फेर करना कठिन होता है।

पी/एस रेशियो = स्टॉक प्राइस/ शेयर पर प्राइस।

सेल्स पर शेयर = (बारह माह का कुल राजस्व/सेल्स)/एवरेज शेयर आउटस्टैंडिंग

प्राइस टू बुक रेशियो—इसकी गणना ऐसे होती है—

पी/बी रेशियो = प्रति शेयर बाजार भाव/प्रति शेयर बुक वैल्यू, जहाँ प्रति शेयर बुक वैल्यू = (कुल एसेट्स—कुल देयताएँ)/आउटस्टैंडिंग शेयरों की कुल संख्या, यह बैंक के शेयरों और मूर्त आस्तियाँवाली कंपनियों के मूल्यांकन के लिए अच्छा है।

प्राइस अर्निंग्स रेशियो—'प्राइस अर्निंग्स रेशियो' (पी/ई रेशियो) उस कंपनी की कीमत ठहराने वाला अनुपात है, जो अपने मौजूदा शेयर भाव का आकलन अपनी प्रति शेयर आय से करता है। 'प्राइस अर्निंग्स रेशियो' को 'प्राइस मल्टीपल' या 'अर्निंग्स मल्टीपल' के नाम से भी जाना जाता है।

'पी/ई रेशियो' की गणना ऐसे की जा सकती है—

- प्रति शेयर बाजार मूल्य/अर्निंग्स प्रति शेयर (ई.पी.एस.)।
- ई.पी.एस. = (कुल आय—लाभांश, यदि हो)/एवरेज आउटस्टैंडिंग शेयर।

सी.ए.जी.आर.—कंपाउंड एनुअल ग्रोथ रेट वास्तविक रिटर्न रेट नहीं होता, बल्कि यह एक प्रतिनिधित्व आँकड़ा है। यह अनिवार्य रूप से एक काल्पनिक संख्या होती है, जो वह भाव बताती है, जो निवेश के विकसित होने पर मिलेगा। यदि वह इसी स्थायी दर पर विकसित होता रहा, जो स्पष्ट रूप से कभी नहीं हो पाता।

कंपाउंड एनुअल ग्रोथ रेट की गणना के लिए प्रश्न अवधि के अंतिम निवेश मूल्य को उसके शुरुआती अवधि के मूल्य से भाग करें। इससे प्राप्त परिणाम को इस अवधि के दौरान प्रति लाभांश वृद्धि कर दें और इससे प्राप्त परिणामों में से एक घटा दें।

सी.ए.जी.आर. = [(अंतिम मूल्य/शुरुआती मूल्य)^ (1/कुल वर्ष)]– 1

पेग रेशियो—किसी कंपनी के शेयर के भाव (प्रति शेयर) को उसके बारह महीने की प्रति शेयर आय से भाग दें। इसे 'प्राइस-टू-अर्निंग रेशियो' (पी/ई रेशियो) कहते हैं। यदि इन पी/ई रेशियो को आगामी प्रत्याशित आय वृद्धि से भाग दें तो इससे आए परिणाम को 'प्राइस/अर्निंग्स टू ग्रोथ रेशियो' (पेग रेशियो) कहते हैं।

बाजार मूल्य और पूर्वानुमानित आय वृद्धि के बीच सैद्धांतिक आदर्श सह संबंध शेयर को 1 पेग रेशियो मूल्य प्रदान करते हैं। आमतौर पर 1 से अधिक पेग रेशियो को प्रतिकूल माना जाता है, जो स्टॉक के अधिमूल्य होने का सुझाव देता है। इसके विपरीत, 1 से कम रेशियो को बेहतर माना जाता है, जो स्टॉक के अधिमूल्य होने को सूचित करता है।

पेग = (पी/ई)/वार्षिक ई.पी.एस. ग्रोथ।

वैलिड टिल कैंसिल ऑर्डर (वी.टी.सी.)—इस फीचर का उपयोग कर आप इक्विटी में क्रय और विक्रय के लिमिट ऑर्डर दे सकते हैं—वह निर्दिष्ट समय बताते हुए, जिसके लिए आप इस ऑर्डर आदेश को वैध रखना चाहते हैं। आपके द्वारा चयनित अवधि ब्रोकर की बताई अधिकतम वैधता तिथि के भीतर ही होनी चाहिए।

आफ्टर मार्केट ऑर्डर्स (ए.एम.ओ.)—'आफ्टर मार्केट ऑर्डर्स' (ए.एम.ओ.) फीचर आपकी सामान्य ट्रेडिंग घंटों के बाद भी ऑर्डर करने में मदद करता है। यह सुविधा अधिकांशत: उन ग्राहकों के लिए है, जिनका ऑनलाइन ट्रेडिंग खाता है।

ए.एम.ओ. उन ग्राहकों के लिए होता है, जो बाजार घंटों के दौरान व्यस्त रहते हैं, लेकिन भागीदारी की इच्छा रखते हैं; बस, ऑर्डर दें। ऑर्डर निष्पादित करने के लिए आपको एक्सचेंज में उपस्थित होने की कोई आवश्यकता नहीं है।

□

संदर्भ

वेबसाइट्स

www.moneycontrol.com
http://www.nseindia.com
www.sebi.gov.in
https://nsdl.co.in
https://www.researchbytes.com
http://getricher.in
http://www.legalserviceindia.com
https://www.screener.in/screens
https://www.equitymaster.com
http://moneyexcel.com
https://www.brainyquote.com
http://www.charteredclub.com

पुस्तकें

- 'द ताओ ऑफ वॉरेन बफे'—ले. मैरी बफे एवं डेविड क्लार्क।
- 'बफेटोलॉजी'—ले. मैरी बफे।
- 'द नैकेड ट्रेडर'—ले. रॉबिन बर्न्स।
- 'दि इंटेलिजेंट इन्वेस्टर'—ले. बेंजामिन ग्राहम।
- 'एन.आई.एस.एम. रिसर्च एनालिस्ट एक्स.वी.।
- 'वन अपॉन द वॉल स्ट्रीट'—ले. पीटर लिंच।
- 'माय वॉरेन बफे बाइबिल'—ले. रॉबर्ट एल. ब्लॉच।
- 'वॉरेन बफे एंड दि इंटरप्रिटेशन ऑफ फाइनेंशियल स्टेटमेंट्स'—ले. मैरी बफे एवं डेविड क्लार्क।

लेखक की ओर से अंतिम शब्द

प्रिय पाठको,

यदि आप वित्तीय स्वतंत्रता चाहते हैं, तो आपकी आय आपके व्यय से अधिक होनी चाहिए।

वित्तीय स्वतंत्रता = आय > व्यय।

वित्तीय स्वतंत्रता हासिल करने का सबसे बेहतरीन उपलब्ध विकल्प स्टॉक मार्केट है। आप सभी को शुभकामनाएँ! निवेश मुबारक!

मैं अपने प्रति आपके दिखाए विश्वास की सराहना करता हूँ और आपको www.equityforte.com के माध्यम से गुणवत्तापूर्ण सेवा एवं मार्गदर्शन देना जारी रखूँगा। किसी भी कारोबार के लिए समीक्षाएँ बहुत महत्त्वपूर्ण होती हैं और मुझे आपकी व्यावहारिक प्रतिक्रियाएँ जानना तथा सर्वोत्तम ग्राहक सेवा प्रदान करते रहना अच्छा लगेगा।

मैं निष्पक्ष और जानकारीपूर्ण समीक्षाओं का स्वागत करता हूँ। आप मुझे जो लिखना चाहें, लिख सकते हैं; सिर्फ आपकी सुविधा के लिए मैं यहाँ कुछ प्रश्न दे रहा हूँ, जिन्हें आप दिशा-निर्देशों के तौर पर उपयोग कर सकते हैं—

1. आपको यह पुस्तक खरीदने की प्रेरणा कैसे मिली?
2. आपको इस पुस्तक में जो भी हिस्सा सबसे अच्छा लगा, उसके बारे में बताएँ।
3. इस पुस्तक को पढ़ने से आपको क्या लाभ मिला?

अपनी समीक्षाएँ www.equityforte.com\testimonial पर पोस्ट करें या हमें contact@equityforte.com पर इ-मेल भेजें। समय देने के लिए मैं आपकी सराहना करता हूँ और आपके कारोबार के लिए एक बार फिर से धन्यवाद!

आपके पत्र की प्रतीक्षा में।

सादर

—स्वामीनाथन अन्नामलाई

हमारा विशेष ऑफर न चूकें

www.equityforte.com पर हमारी सेवाओं पर सीधे 15 प्रतिशत की छूट।

ऑफर लेने के लिए—DIGITALSPACE4LIFE—कूपन कोड उपयोग करें।

www.equityforte.com पर हमारी कार्यशैली स्पष्ट है। हम आपके फँसे हुए निवेशों का वास्तविक मूल्य प्रदान करते हैं। हमारे यहाँ आपका शेयरों के डीमैटीरियलाइजेशन, अदावी लाभांश, गैर-सूचीबद्ध शेयरों का विक्रय, मौजूदा पोर्टफोलियो की समीक्षा के साथ-ही-साथ निवेश सलाह प्राप्त करने तक की सभी जरूरतें एक ही स्थान पर पूरी हो जाएँगी। हमारी सेवाएँ कस्टम डिजाइन हैं, जिसमें हम प्रत्येक मामले का पूरा अनुसंधान करते हैं और हर मामले में दिया गया समाधान विशिष्ट होता है।

ऑफर के नियम व शर्तें

1. कूपन केवल एक बार इस्तेमाल करने के लिए हैं और एक 'प्रोमो कोड' केवल एक उपयोगकर्ता खाते के लिए इस्तेमाल किया जा सकता है।
2. ऑफर केवल तभी लागू होगा, जब पेमेंट 'गेटवे' के माध्यम से की जाए।
3. इस ऑफर को किसी और ऑफर के साथ इस्तेमाल नहीं किया जा सकता।
4. बिना किसी पूर्व सूचना के किसी भी समय ऑफर को समाप्त या ऑफर में परिवर्तन या इन नियम व शर्तों को बदला जा सकता है।

□□□

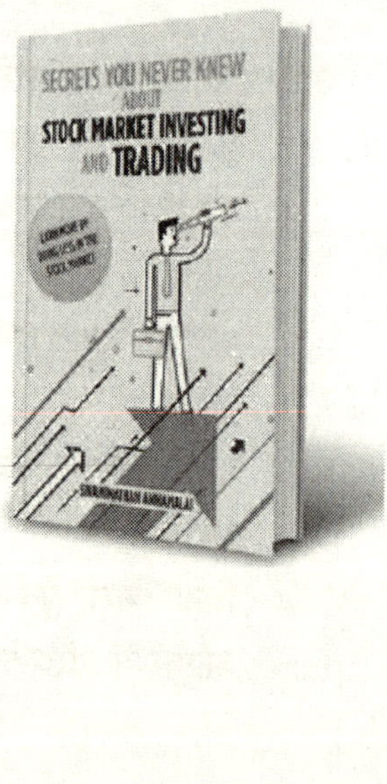

SECRETS YOU NEVER KNEW
ABOUT
STOCK MARKET INVESTING
AND TRADING